花人始末
出会いはすみれ

和田はつ子

幻冬舎時代小説文庫

花人始末

出会いはすみれ

目次

第一話　桜草売り

1

　春爛漫、ずらりと並んだ桜草の鉢植えがうららかな日差しを浴びている。そよ風に揺れる薄桃色の花姿が何とも可憐であった。

　第五代将軍徳川綱吉（とくがわつなよし）の側用人（そばようにん）だった柳沢吉保（やなぎさわよしやす）以来、代々が下屋敷としての所有を許されてきた六義園（りくぎえん）を例に挙げるまでもなく、江戸は身分や貧富の差なく園芸熱にとり憑かれていた。

　花恵（はなえ）が染井一帯の植木屋を束ねている肝煎（きもいり）の父茂三郎（もさぶろう）の元を出て、八丁堀は七軒町の裏店に植木屋を兼ねた小さな花屋を構えるようになってから、かれこれ一年以上の歳月が経っている。

「これはもう、滅多にない目の福ね」

近くの欽兵衛長屋に住まう、季節寄せを生業とするお貞が一番乗りで訪れた。年齢の頃は三十ほどの大柄なお貞は、棒縞の木綿の着物と洗い髪を一括りにしたざわざわと多い髪、男物の下駄がしっくりしている。いっこうに垢ぬけて見えないのは、冬でも顔の黒さが抜けていないからであった。

桜草の鉢植えをじっと目を細めて見ている。

「花恵さんには感謝してる。だって年中、好きな草木を売って歩けるようになったんだから」

季節寄せは時季の風物を売り歩く稼業で、新年には暦や宝船の絵を、夏場には金魚や白玉、初秋には鳴き声のよい虫、真冬には子どもの成長を願う絵馬等を木桶や笊に載せ、それらを左右につけた天秤棒を担いで売り歩く。お貞も以前はさまざまな季節寄せで暮らしを立てていたが、今では春場の苗売りが一番人気となり稼ぎも増えて、多種多様の時季ものを売り歩く必要がなくなっていた。

「朝顔の苗、夕顔の苗、へちまの苗、茄子の苗、唐辛子の苗、白粉花や胡瓜の苗や、冬瓜（とうがん）の苗」
　などという売り声で声を嗄（か）らしながら売るのだが、日本橋付近は田畑がないので
こうした苗売りは人気であった。
「なんせ、あたしは百姓の生まれだもの、青物の苗とか花とかが大好きなの。在所
のぬくもりを感じるの、これが」
　お貞は微笑んだ。こういう時のお貞の表情は限りなく柔和で、肌さえ黒くなけれ
ば結構整った顔に見える。
「今年も忙しい時は手伝わせてくださいな」
　花恵も喜んで応えた。父茂三郎の耳に入ったらこっぴどく叱られるだろうとは思
ったが、花恵はお貞と一緒に桜草や苗を売り歩いたことがあった。花恵とお貞の間
にはささやかな商いを通して絆ができている。田畑に囲まれて育ちながら今は市中
の長屋住まいのお貞に、在所を思い出させる、なつかしい野菜の苗作りをしてはど
うかと勧めたのは花恵であった。花恵の店の庭は四季の売り物になる草花を植えて
もなお空きがあったからである。
　花恵が土の上に敷いた茣蓙（ござ）の上で、二人しての桜草の花見は続いている。春のう

らかな日が二人の頭上に上りかけたところで、

「それじゃ、そろそろ」

花恵が腰を浮かすと、

「それなら、あたしもちょっと――」

お貞は浮き浮きとした様子で一旦長屋へ戻った。

再び顔を合わせた時、お貞は重箱を、花恵は寿司桶と取り皿、茶の入った湯呑を載せた大きく四角い盆を手にしていた。

花恵とお貞には草木の他にも好きなものがある。料理と菓子である。

「わあ、美味しそう」

お貞は花恵の作ったばらずしに感嘆の声をあげた。

花恵がこの時季に作ることの多い桜のばらずしは、幼い頃に流行病(はやりやまい)で死んだ母の味に近づけようと努力し続けてきたものであった。もちろん父茂三郎の大好物でもあり、修業中の植木職見習いたちにも好評を得ている。酢飯に細かく刻んだ煮穴子、煮しめた椎茸、湯通しした蓮根を混ぜた上に、前もって作っておいた桜でんぶを載せる。

花恵の作る桜でんぶはまず、塩茹でして冷ました平目の切り身から、皮と骨を取り除き、身をほぐす。これを晒(さら)しに包み、水で洗って脂気を完全に取る。それを平たい鉄鍋に入れて、砂糖と水溶きした食紅を加え、炒る。

花恵はこの桜でんぶの上にさらに桜蒲鉾(かまぼこ)も載せる。白く滑らかな蒲鉾を馴染みの海産物屋でもとめ、ごくごく薄く切った一片一片を和菓子用の大中小の桜型で抜く。これを食紅を溶かした水に浸けて桜でんぶより薄い白めの桜色に染めて乾かし、桜でんぶが敷き詰められた寿司桶に、はらはらと散らして仕上げる。

「これね、桜草も桜もどっちも捨てがたいし、大好きなものだから、桜でんぶを桜草に桜蒲鉾を桜に見立ててるの」

花恵は取り皿に桜のばらずしを盛り付けてお貞に渡した。早速、箸を手にしたお貞は、

「桜でんぶがふわっふわっ、それにお砂糖が多めで甘い味付けもあたし好み。あたし、魚が苦手なもんだから、実は甘味が控えめのでんぶって臭くて勘弁してほしいのよね」

興奮気味に告げた。

桜のばらずしを食べ終えたところで、

「ああ、美味しかった。お腹いっぱい。でも、これだけは別腹のはずよ」

お貞が持参してきた重箱の蓋を取った。

「まあ、なんて綺麗で可愛いのかしら、まるで老舗の和菓子屋さんから届けられてきたみたい」

今度は花恵が目を瞠(みは)った。桜の形に作られている煉(ね)り切りが幾つも並んでいる。

「とても、あたしが作ったようには見えないでしょ？」

胸を幾分張ったお貞は生菓子作りが得意であった。

「この手の生菓子なんて、江戸に出て来るまで、見たことも食べたこともなかったのよね、あたし。初めて見た時、食べ物かどうかわからなかったのよ。口に入れた時、世の中にこんなに美味しいものがあるのかって夢心地になっちゃった」

「たしかに。食べてしまうのが勿体ないほど色も形も素晴らしいもの」

花恵にもおぼえがあった。

「仲良くなった和菓子職人さんが教えてくれたのよ。煉り切りは、白餡と求肥(ぎゅうひ)を蒸しあげて滑らかになるまで混ぜて作ればいいって。求肥は水、白玉粉、白砂糖を混ぜたものだし、白餡の元は白隠元豆、求肥の白玉粉は糯米から作る粉なんだから、田畑で育ってるもんばっかり。やっぱりなつかしくて、ついつい煉り切りとかのお菓子作りに嵌っちゃったわけ。高くて手に入りにくい白砂糖だけど上生菓子一個分のお代で、驚くほど沢山作れるんだもの、止められないわよ、手作りって」

「でも、この桜の形、型抜きじゃあないし、作るのはむずかしいんじゃない？」

花恵が首を傾げると、

「コツを覚えればそうでもないのよね。煉り切りの生地は薄桜色に、蕊の部分は黄色の色をつけておくのよ。どちらも少量の色をつけて伸ばしていくと失敗しないから。薄桜色の棒と黄色い球にまとめて、白餡の方も棒状にしておけば大丈夫」

お貞は生地や白餡を棒状に伸ばしたり、球に丸めたりする仕草をして見せてから、

「その後、薄桜色の棒を個数分に切り分け、広げておく。白餡の棒の方も同様なんだけど、ほんのちょっと薄桜色より小さめに広げて、薄桜色の上に載せて、ほらこうして――」

親指で、薄桜色の生地と白餡が重ねられている中心の部分をぐっと押す手つきをした。

「そこ、肝なんだろうけど、押しすぎて薄桜色の生地から白餡が食み出たら大変」

真顔で花恵が案じた。

「まあ、それは慣れよ。後は掌のくぼみの中で生地を転がして丸めるだけ」

お貞はいとも簡単に言い切ったが、

「仕上げは丸めた白餡入り薄桜色の煉り切りに、桜の花の表情をつけなきゃならないんじゃない？　これはもっと大変よ、きっと」

花恵はふうとため息をついた。

するとお貞は巧みな手ぶりと口ぶりで、説明をした。

「竹串と三角篦を使うといいの。まずは丸めた煉り切りを掌で軽く押して平たくする。その後、竹串で目印をつけ、三角篦で等分に五本の筋を入れる。これは花弁になるんだから、いい加減は禁物、きっちり等分にしないと駄目。中指の腹で筋と筋の間の部分を軽く押して、花弁の形にしていく。そして、花弁の間にこれまた三角篦で真ん中まで線を入れて同じように花弁の外側に刻みを入れる」

菓子をめったに作ることのない花恵は、お貞の器用さに感心した。

「これ、深く入れすぎると桜じゃなく、桜草になっちゃうから気をつけて。よく似てるけど桜と桜草の花、花弁の形が違うんだから。最後に球になってる黄色の生地のごくごく少量を、指先と掌を使って丸め、出来上がった桜の生地の真ん中に載せて蕊に見せる。はい、これで完成」

詳しく説明し終えると、重箱の中の桜の煉り切りを自分の掌の上に置いた。

2

「まるで一足早い桜の花を食べてるようだわ」

花恵は菓子楊枝を使いながら、まだ花がついていない庭の桜の木を見上げた。

「それじゃ、あたしはここの一列、貰ってくね」

お貞はひょいひょいと桜草の鉢を持ち上げて、笊に載せると、

「ちょっと時季は遅めだけど、花恵さんとこの桜草は、ずっと先まで咲いていて、持ちがいいって評判だから、今頃からでも売れる、売れる」

天秤棒を軽々と担いで出て行った。

花恵が鉢で作っている桜草は桜貝を思わせる典雅な花色の自生種である。棒手振(ぼてふ)

りや床店で売られる桜草は、自生している桜草を掘り取って、土を詰めた鉢に入れたものがほとんどで、もとめた時は生き生きしていて綺麗でも、土や環境が合わずに枯れてしまうことが多かったのである。

早めの昼餉(ひるげ)だったのでまだ日は充分高い。花恵は縁台を出して赤い布を敷いた。桜草を買いに来る客たちのために、茶を振る舞うためであった。今日はお貞が持参してくれた桜の煉り切りもある。

鉢物や切り花を買い上げてくれるお貞は、一応お客ではあるが、花恵の方から言いだして、庭での苗床作りを応援しているし、今日のような花見も一緒に楽しむ。ようは商い相手を超えた気楽な仲であったが、他のお客ではそうはいかない。

花恵が開いた植木屋を兼ねた花屋は父茂三郎が付けた〝花仙(かせん)〟という名で、その名に釣られて訪れる客たちはなかなかの園芸通が多かった。

この名に花恵が尻込みした時、

「なに、心配することはねえよ。草木草花のことはこの俺が仕込んだんだから、おまえの右に出る植木職はなかなかいまいよ。それにおまえは何より三度の飯と同じくらい、草木草花が好きじゃないか？」

茂三郎はわははと笑い飛ばして撤回してはくれなかった。

その花仙に、若い定町廻り同心の青木秀之介がやってきた。青木は毎日花仙の前を通って、売り出される草木草花の一番乗りを狙っているのである。

「門の前に『本日より桜草売ります』と書かれた貼紙があったので、急いで来たのです。草木草花好きは、わたしで三代目なのです。安い扶持で暮らすわたしたちや貧乏侍にとって、これほど楽しく美しい夢はないでしょう？　祖父さんは朝顔で、親父は菊でそれぞれ独特な変種作りに成功しています。わたしも何か特別なものをと考えてこちらの門を叩いた次第です」

初めて訪れた時、青木はそのように言ったが、今のところ何か一つに決めて変種を作ろうとする様子はなかった。

代わりに、

「花恵さんにはいつも感心させられますし、大変勉強になります」

その言葉は常套化している。

青木は中肉中背、首がやや長いおかげで、眉が太く鼻が大きめ、気になるほどではないが厚めの唇を載せた顔はすっきりして見える。だが奉行所役人ならではの三つ紋の巻羽織があまり似合っていなかった。

「あれはね、羽織のたくしあげた裾の長さがおかしいのよ。もう少し沢山帯に挟めば、たいした伊達男(だておとこ)のはずよ」

そう言ったのは他ならぬお貞であった。お貞はこの青木に一目惚れしていて、花仙を頻繁に訪れるのは、花恵との友情を温める目的以外に、片想い人とのさらなる偶然の出会いを期待しているのであった。

「あの手合いは絶対浮気性じゃなくて、情が深いんだから。あんだけ優しい目をしてる男って、いるようでいないもんよ」

たしかに切れ長ながら細すぎない青木の目は常に澄み切っていた。

「花恵ちゃん、あの目で見られたらぐっと胸に来ない？　あの男(ひと)は絶対、花恵ちゃんが好きよ。そうでなきゃ、こんなにしげしげ通ってくるもんですか。ああ、羨ましい。でも、花恵ちゃん一筋だとすると、男のあたしなんて眼中に入ってこないわよね」

お貞は時折、この手の恨み言を洩らす。

女でありたいと願う男の悲しさか、毎日のように剃っていても、すぐに生え出てきてしまう頬や顎、鼻の下のつんつんしている毛は隠せないと言っているようだった。

——青木様の目はどこまでも高い秋空みたいに綺麗だけれど、吸い込まれそうにはならない。わたしって、恋に縁のない女なのかもしれない——

花恵は青木のために淹れた煎茶と桜の煉り切りを載せた盆を赤い布の上に置いた。

「甘いものはお好きでないかもしれませんが、よろしかったらどうぞ」

「何と桜の菓子ですね。もとめたのではなく、作ったものでしょう？」

青木はじっと桜の煉り切りを見つめて、うれしそうに笑った。どこにも邪気のないさわやかな笑顔である。

「どうして手作りとわかるのですか」

花恵は青木のやはり秋の空のような笑みよりも、その観察眼の方が気になった。

——一見はもとめたものと変わって見えないのに——

「桜の花弁の形が微妙に違っていますので。店でもとめるものは判で押したように同じです。でも、違っていた方がわたしは好きです。咲いている桜の花はどれ一つとして同じものはなく、花弁にも違いがあるはずですから」

応えた後であっと気がついた青木は、

「せっかく作ってもらったというのに、気を悪くしたのではありませんか？　すみません」

やや青ざめて頭を下げた。

「とんでもない。青木様の知らなかった一面を知ることができました。この桜の煉り切りを作ってくれたのは青木様も会ったことのある、近くの欽兵衛長屋のお貞さんです」

花恵も慌てて頭を垂れた。

「お貞さん？」

よく覚えていない様子で青木は首を傾げた。

茶菓を楽しんだ後、青木は並んでいる桜草の鉢を見て廻った。

「昨年、ここでもとめた桜草が、なんと今年も花を咲かせていて、母が大変喜んでいるのです。隣家がもとめた桜草はもうとっくに枯れてしまっているのにと――。

寒さには強いので、夏場の日差しや暑さ、乾きにさえ気をつければ、来春も花をつけるはずだと花恵さんに教えられた通り、母は水やりや置き場所に気をつけていたようです」

青木の言葉に、

「今年も咲かせてくれたなんて、なんてうれしいことでしょう」

花恵は微笑んだ。

「さて、今年はどの色を選ぼうかな」

花恵のところの桜草は人気の高いやや濃いめの明るい桃色系が多かったが、今年は一列だけ自生種の白咲きを選んで育ててみた。これは純白の花弁にすっきりとした清潔感を覚える。

「これにします。白は母の好きな色ですが、清楚な美しさを持つあなたのようでもありまして、ああ、でもあなたには桜草らしい可愛らしさも似合っていて――」

青木が赤らめていた顔を俯けると、

「わたしのような者を、桜草になぞらえてくださるなんて、恐れ入ります」

花恵の方はありがちな謝辞を返した。

青木はそれから一度も花恵と目を合わせようとせず、赤い顔のまま、大事そうに白咲きの桜草を抱えて帰って行った。

それから八ツ（午後二時頃）過ぎまで、何人かの客たちが訪れた。客の老若男女は桜草に魅せられてはいるものの、なかなか上手に育てられないという苦情を口にする。

「草木草花は地植えが一番だと聞いてるんだが、どうしたわけか桜草ばかりはそうでもなく、せっかく地植えにしてやったのにいつのまにか枯れてしまった。ここで去年女房が買ってきた代物なんだよ。そもそも弱い品の悪いやつを売りつけたんじゃないのかね」

詰め寄る相手には、

「夏場、鉢植えの桜草を日陰に移し替えてくださいましたか？　鉢植えは、皐月の頃の開花後から秋になるまでは、葉の落ちる木の下とか涼しく乾きすぎないところで育てるようにしてください」

花仙で売っている草花に何よりも自信があるがゆえに、てきぱきと応えた。そこに、口をへの字に曲げた岡場所の女主が割り込んできた。

「桜草って花が持たないものなのね。綺麗だからって五鉢も買って、紫陽花と一緒に縁先に並べといたんだけど、桜草だけすぐに駄目になっちゃって、がっかりよ。まるでちょっと年齢がいくと、すぐにトウが立っちまって、客がつかなくなるうちの妓たちみたい」

花恵は慰めるように、

「紫陽花は雨が好きですが、桜草は雨に当たると花が傷んでしまったり、茎が折れ曲がったりしてしまい、弱って萎れ枯れてしまうことがあります。これからは雨がしのげる所に鉢を移しておいてください」

丁重に頭を下げた。

3

「隠居暮らしは暇でな。湯屋の二階での将棋にも飽きてきた。園芸といってもこれまたピンキリだ。万年青なぞをいろいろ変えて作って、品評会に出すのも面白かろうが、伝手もいるし、鉢も凝らねばならず、金がかかりすぎる。そもそもが扶持の少ない我が家では届かぬ夢だ。何か金がかからず、ぱーっと気が晴れるような庭いじりはないものかと考えていて、思いついたのが亡妻も好んだ桜草だった。隠居所から望む庭一面が咲き誇る桜草で春の曙のように見える作り方を教えてほしい。これができれば妻の供養にもなる」

武家の隠居らしき老爺が真剣な眼差しを花恵に向けた。

「桜草の畑のような咲きっぷりをお望みですね。でしたら、まずは桜草の鉢植えを日差しや暑さ、乾きを防ぐ水やりに気をつけて、種取りができる水無月まで枯らさずにいてください。取った種は冷暗所で種蒔きをする翌年の弥生までとっておきます。乾くことの多い冬を越すわけですので、常に湿り気のあるところに置く気配りが要ります」

「それ、むずかしすぎるよ、おいら、手習いの先生に訊いて、やってみて、夏、秋、冬ってずーっと、袋に入れて井戸に吊るしといたけど、春に蒔いて芽が出たの、七つか八つだった。どれもひょろひょろで育たなかったよ」

隠居のそばにいた十歳ぐらいの子どもが口を尖らせた。

「桜草は種以外にも株分けや根伏せで増やすことができるのよ。株分けは植えていた鉢から株を取り出して、古い土を根を傷めつけないようにして取り除き、黒くなっている根茎を切り取る。根茎の切り口はそのままにしても、傷んだりしないので大丈夫。株は自然と分かれてくれるので分けて植え付ける。また、根伏せでは、根が太めの綺麗なものを選んで切り取り、かなり浅めに植え付ける。苗が小さいので花が咲くには最低二年はかかるの」

話を真剣に聞いていた武家の隠居らしき老爺は、

「得心がいきました。あと五鉢、届けてもらえないだろうか」

花恵の耳元でささやいた。

他の客たちも、とりたてて草木草花が好きで訪れたとは思えない岡場所の女主以外はたくさん注文していった。これらは明日以降、お貞が届ける手筈になっている。

春の日は夏ほどは長くないのでそろそろ夕暮れ時であった。

花恵が縁台を片付けていると、薬売り、商い帰りの魚屋、大工に火消し、刀鍛冶、駕籠舁き（かごかき）や商家の手代等、何人もの若い男たちがどやどやと門から入ってきた。

「桜草を一鉢」

物言いをした。

「花恵ちゃんに似たやつを頼むよ」

薬売りは言葉少なく、

「それにしても可愛い花だねえ」

命がけで火を消し止める勇姿が恰好いいと、女たちに人気のある火消しは大胆な

刀の代わりに桜草を凝視している刀鍛冶はちらちらと時折、花恵の方を見ている。

「春だけじゃなしに、俺んちに、いつもこんな花が咲いてたらなあ」

大工は、自分の長屋に花恵を据えてみずにはいられず、

「馬鹿野郎、そんなことあるもんか」

火消しに一喝されたものの、

「そういう、あんただって、そう思ってるはずだぜ」

少しも怯（ひる）まなかった。

「桜草をてまえにも一鉢お願いします」

「てまえにも」

手代たちは礼儀正しく、棒手振りの魚屋は威勢よく言う。

「俺は天秤で担げるだけ、六鉢買うぜ」

「畜生、ここに駕籠さえありゃあ、二十鉢は買えるのに――」

駕籠舁きは大法螺(おおぼら)を吹いた。

花恵は桜草の鉢を男たちに渡すと、

「皆さん、ありがとうございます。これを一つずつ持って帰ってくださいな」

お貞が作ってきてくれた桜の煉り切りを懐紙に包んで渡した。

「お、桜の菓子じゃねえか」

「花より団子ってな」

「花より花恵さんだろ？」

そこで男たちはなぜか全員が頷(うなず)いて、菓子をぱくりと一口で胃の腑に納めてしまった。

「美味いねえ」

「ほんと美味い」

そんな他愛のない話をしていると、

「お嬢さぁーん、お嬢さぁーん」

門外からやや甲高い声が聞こえてきた。

「あら」

さほど花恵が驚かなかったのは、相手が父茂三郎の元で修業を積んできた晃吉（てるきち）だったからである。晃吉は年齢（とし）の頃はもうそろそろ三十だというのに、童顔の美形でどう見ても二十歳前に見える。

痩せてやや背丈が低めなので、刺子（さしこ）足袋（たび）の植木職姿は似合わなかったが、薄青の紺無地の着流しはわりにしっくりしている。縁日を歩いていると必ずと言っていいほど、おちゃっぴい娘たちがぞろぞろと付いてくる。もちろん、当人は、

「あれ、困っちまうんですよね」

迷惑そうに言うのが常だったが、顰（しか）めた顔の下に満面の笑みを隠していた。

そんな晃吉は、この日も、

「繁盛してますね。帰ってく客たちとすれ違いました。みんな、お嬢さん目当てだって、はっきり顔に書いてありましたよ。ま、見込みはないでしょうけど」

無邪気そうに見える目の端がほんの一瞬、意地悪い色に染まった。

「そんな言い方、よしてちょうだい。皆さん、大事なお客さんなんだから」

花恵はやや不機嫌そうに言った。

晃吉は十四歳の時から父茂三郎に弟子入りして植木職の修業を続けてきている。

茂三郎は晃吉のことを、

「あいつは手先が器用で、小さい身体に似合わずそこそこ力もあり、物覚えも飲み込みも悪くはねえのだが、今一つ、草木草花に尽くしきれてねえ、その気もねえ。草木草花へのたゆまぬ献身を続けるのが植木職の真骨頂だ。あいつは自分を好きすぎるせいで、草木草花への技はあっても心がねえんだ」

と評したことがあった。

その時以来、花恵には晃吉が時折のぞかせる、他者への冷たい揶揄が見えるようになっていた。

4

三日にあげず晃吉は八丁堀と染井の間を行き来している。茂三郎が花恵を案じて手伝いに寄越してくるのである。

「親方からの預かり物です」

晃吉は大事そうに抱えていた風呂敷包みを解いた。赤の地に藍色と鼠色、黄色、緑という多色使いの陶製の鉢に、深緑で長楕円形の葉が広がっている。

植えられているのは万年青で、

「万年青は親方の作ですが、鉢の方は変わり伊万里焼です。いつものように親方に言われて、俺が探してきたもんです」

晃吉は得意そうに胸を張った。

万年青は葉を観賞する観葉植物である。葉の形を変えたり、斑（ふ）の入り方に工夫を凝らすべく、品種改良が盛んに行われてきている。本来の葉の形が刀に似ていることから、江戸開府の際、大権現家康に家臣が献上し、以来益々、栽培熱が高まったとも言われている。その万年青熱は万年青本体にとどまらず、鉢にまで及んできていた。熱心な収集家たちは葉の新しい形変わりや斑入りだけではなく、鉢にまで大枚を叩（はた）くのである。

「もちろん、売り物じゃあねえし、誰にも見せませんけどね」

晃吉はすたすたと庭の裏手へと歩いて行った。仕方なく花恵も後に続いた。

茂三郎が花恵の店のために見立てた家は、裏庭もそこそこ日当たりがよかった。そこには鉢物を置く棚が設えられている。花恵が染井から引っ越す前に茂三郎が知り合いの大工に造らせたものであった。この棚にはすでに幾株もの万年青が結構な鉢に植えられて並んでいる。これらについて茂三郎から、

「わしが作った万年青をこれぞという鉢に入れてここに置く。万年青は武士の町であるこの江戸の守り神だ。刀代わりにおまえの守り神、いや、用心棒になってもらいたい」

と、花恵は言われていた。

万年青にはあまり関心のない花恵だったが、九谷焼、美濃焼、信楽焼等と、一鉢一鉢異なる焼き方で凝った作りの鉢はどれも美しく、魅せられていた。

「親方に贅沢な鉢選びだけは上手いと褒められてるんですよ」

晃吉は心からうれしそうに笑った。こういう時の晃吉の顔は少年の無垢さそのものであった。

「どうぞ」

部屋内に入り、花恵は重箱に残っていた桜の煉り切りと茶を振る舞った。

晃吉の指は植木職ならではのもので、土が染み込んで黒く太い。そんな指と少年のような顔や菓子楊枝は不似合いではあったが、晃吉は小指を立てて太さを誤魔化しながら菓子楊枝を使い続けた。平らげたところで、茶を啜り、

「え、また、これ、あのお貞さんが？」

ちらと不満な表情を見せた。

三日にあげずにここを訪れるせいで、晃吉とお貞は何度も顔を合わせていて、短くはあったが話をする仲であった。餡が外側だけではなく、握った糯米の中にまで惜しみなく入っている、お貞特製の牡丹餅を振る舞われたこともあった。

「もちろん、お貞さんの手作りよ。重箱二段にぎっしり詰めてきてくれたんで、皆さんに食べてもらえて大助かりだったわ」

花恵の言葉に、

「それはよかったですね。お嬢さんの商売繁盛を後押ししてくれてるわけですから」

晃吉は慌てて笑顔を取り繕って、

「俺も、もっとお嬢さんのお役に立ちたいと思っています」

「ありがとう、でも、もう充分よ」

晃吉は茂三郎に頼まれて訪れることもあったが、そうではなく、ちょっと近くまで来たからと水やり等を手伝いたがることも多かった。

「何しろ、親方はお嬢さんがどうしているだろうって、心配で仕様がない様子ですから。無理もありませんよ、お嬢さんは一人娘なんですから」

相手にそう言われてしまうと、さすがに花恵も、もうあまり立ち寄ってくれなくていいとは言えずにいた。お貞さんさえいれば大丈夫だとも――。

「お貞さんもいいお相手が見つかるといいですね。さっきの人たちの中にはいないんですか？」

とっくに晃吉はお貞の趣味を知っている。

「素人ってことに拘るからむずかしいんですよ」

さらなる晃吉の言葉にも花恵は無言を通した。たしかに、時折洩らすお貞の愚痴を、一緒に聞いてでもいたかのように言い当てていたからであった。

「ところで相変わらず八丁堀の旦那は一番乗りなんでしょう？」

晃吉は急に話を変えた。

「ええ」

「お貞さん、あの旦那にご執心なんじゃないですか？」

それこそ大当たりではあったが、

「さあ」

花恵は首を傾げて見せた。

「あの旦那の方はお嬢さんがお目当てでしょう？」

今日の晃吉の追及はいつになく執拗だった。

「まさか――」

「そうかなあ」

急に晃吉はけらけらと笑いだして、

「実は何日か前、親方からお嬢さんのことをどう思っているかって、訊かれたんです。もちろん、大好きだと応えました。でも、お嬢さんの方は今や八丁堀の植木屋小町なんで、相手はよりどりみどりだろうってことも話しました。親方、それはそれは心配してましたよ」

――それでなのね――

花恵は仏頂面を隠さなかった。桜草売りの初日に、花恵が作った桜草の鉢を届けるように、と茂三郎から文が届いていたからであった。今日はこれから晃吉と一緒に、染井までの道を実家まで辿らなければならない。夜道は案じられるから、晃吉を迎えに出すとも茂三郎は書いていた。

これ以上、晃吉が何か言ったら、今日はもう帰らないと言うつもりでいた花恵だったが、

「お貞さん、八丁堀の旦那のこと、諦めるのには早すぎますよ。ああいう趣味ともなると、あちらさんが自分の本当の姿に気づいていないってことも、なきにしもあらずなんですから――」

相手はくるっと話を戻した。

「それはそうと、晃吉だっていい女の一人や二人いても、おかしくないんじゃない？」

ここは攻められてばかりではいけないと花恵は言い返した。

「本命はなかなか――」

晃吉の花恵を見る目がさらに熱くなった。

「あら、でも、江戸一の米問屋と言われている今田屋さんの娘さんが、おちゃっぴい仲間の頭でおまえを追いかけ廻してるって聞いたわよ」

教えてくれたのはお貞であった。

「まあ、そうなんですけど」

急に晃吉は寡黙になった。

「それって、悪くない話、逆の玉の輿でしょう？」

逆でも何でもようは玉の輿という言葉――、弾みでその三文字を口に出してしまった後で、花恵は胸の辺りがずきんと痛んだ。胃の腑が重く吐き気もしてきた。

「大丈夫ですか？　何でしたら駕籠を」

花恵の顔が強張ったのを案じる晃吉が疎ましく、怒鳴りつけて追い返したい気分になったが、

――ここは我慢、おとっつぁんとちゃんと話をするいい機会だと考えよう――

そう自分に言い聞かせた。

「大丈夫、今日は少し忙しすぎたのよ。そのせい。少し待っててね、今、着替えてくるから」

桜の文様の小紋に桜草の縫い取りのある帯を合わせた花恵は、厨に用意してあった五段の重箱を包んで晃吉に手渡した。

「これ、持ってちょうだい、五段とも桜のまぜずし。ぎっしり詰めたわ。おとっつぁんやみんなにも食べてもらおうと思って。なつかしいでしょ？」

無言で受け取った晃吉は染井までの道すがら何度も、

「お加減、悪くありませんか？」

と訊いてきた。

「大丈夫よ」

その度に、花恵が乾いた声で応えた。

染井の家に着くと、厨で父親が待ち受けていた。

「おうおう、待ちくたびれたがやっと着いたか」

会うたびに父親は髷の白髪が増えて涙脆くなっていた。染井一帯の植木屋を取り仕切る花恵の実家は、代々将軍家に仕え、千代田の城の広大な庭の世話を任されてきた。花恵の父九代目茂三郎は植木職としての腕だけではなく、人品骨柄においても、非の打ちどころのない人物として評判が高かった。

5

「ここは俺が」

晃吉は重箱の包みを解くと、甲斐甲斐しく棚に積まれていた皿を取り出した。

「親方とお嬢さんはお部屋でお休みになっててください」

「そうしよう」

茂三郎は花恵を伴って自分の部屋に落ち着いた。

「夜はまだ冷えるな、寒くねえか？」

花恵を気遣って長火鉢に炭を継いだ。

「茶でも飲もう」

五徳の上に薬缶(やかん)をかけた。

ほどなく、晃吉が二人分の膳を運んできた。

「桜椀汁をおつけしてみました」

桜椀汁は、花恵の亡き母瑠衣(るい)が桜のばらずしに欠かさず添えた清汁(すましじる)であった。その名の通り、桜花が描かれている輪島塗りの椀が使われている。掻き卵にさっと茹でた菜の花がそっと載せられている。

さすがの晃吉も茂三郎の前では表情を強張らせて頭のてっぺんから爪先まで緊張している。

「晃吉も一緒にどうだ？」

茂三郎は勧めたが、

「そのように言っていただいて有難(ありがて)えんですが、俺は向こうで皆と一緒にいただきます」

晃吉は頭を下げたまま部屋から下がった。

茂三郎は箸を取った。

「何ともなつかしい瑠衣の味だ」

「あら、わたし、女正月の睦月の十五日にはここへこっそり帰ってきたわよ。遅ればせながら、おっかさんの十八番(おはこ)でおとっつぁんが大好きな黒豆を煮たわよ」

「そのこっそりというのがどうもな――」

「だって、あんなことがあって、この染井から離れた方がいいって、いろいろ段取りして、わたしをここから出してくれたのはおとっつぁんじゃないの」

あんなこととぼかして口に出した時、急にまた胃の腑がひりついてきて花恵は箸を置いた。

「他人の噂も七十五日だ。染井から離れた方がいいとは言ったが、しばらくの間とも言い添えたはずだぞ。わしは三月に一度ではなく、毎日、おまえと会いたいし、おまえの拵える飯を食いたい。もうこれ以上、勝手口から盗人のようにここへ帰るのも止めさせたい」

「それはそうだろうけど——」

「やはり、まだ気になるのか？ 晃吉から聞いた話では、おまえがやっている花仙はたいそうな繁盛で、他人の口は看板女将への興味の方が強くて、二年近くも前のことなどけろりと忘れてしまっているだろうと——」

「おとっつぁんの気持ちを汲むことの上手い、あの晃吉らしいわね」

花恵は晃吉の作った桜椀汁を一口啜った。塩味が強い。たとえ赤穂の塩であっても、過ぎればさらりとした淡泊な昆布出汁の旨味を損なう。

「晃吉も煮炊きの方はなかなかの腕前だ」

釣られて桜椀を手にした茂三郎が褒めた。

——そういえばおとっつぁん、濃い味つけが好きだったっけ。わたしは塩気の強い食べ物はよくないと言ってたおっかさんに倣ってたけど、晃吉はおとっつぁんに褒められることが第一なんだ——

「世間は忘れてくれても、わたしはまだ忘れてない」

きっぱりと言い切って花恵は話を戻した。

「そうか、そうだろうな——」

茂三郎はしょんぼりと肩を落として桜椀を置いた。

「しかし、何とも胸くその悪い話だった」

当時のことを思い出したのだろう、茂三郎の膝の上で固められた両拳が震えた。

「おまえがあれほど深く傷つけられたことを想うとはらわたが煮えくり返る。口にもしたくねえ」

さらに言い募った。

——おとっつぁんが会うたびに元気をなくしているように見えるのは、晃吉の料理のせいばかりではないのかもしれない。わたしのことを思いやって、まだ怒り続けたり、心底悲しんだりしているのが年老いてきた身にはことさら応えるのかも――

「そうは言ってもおとっつぁん、市中で一、二を争う大店の若旦那に見初められて、玉の輿に乗りかけた娘が夜道で襲われ、そのことが先方に知れて破談になったなんて話、そう珍しくもないのよ。読本(よみほん)にだって、うんざりするほど書かれてるんだから――。読本と違うのは、それが根も葉もない全くの嘘だったってこと。その嘘が一人歩きして、他人が信じてしまったってこと」

花恵は自分の身に起きたことを、父親を前にはっきりと口にした。不思議に痛みはどこにも走らず、言葉も震えていなかった。

「誰が言ったか知らねえ嘘を信じて、一方的におまえを傷物扱いにして、断ってきたのは酷すぎる。あの後、おまえは三月もの間、家に引き籠(こも)って一歩も外へ出なかった。飯もろくに喉を通らない様子を医者に診せても埒(らち)があかず、笑うことなど忘れたようだった」

茂三郎は口をへの字に曲げた。

「そりゃあそうだけど、わたしを嫁に欲しいって言ってきた時だって、御贔屓(ごひいき)のお客さんたちにお祝いを言われて、おとっつぁんはもうがんじがらめだったでしょう？　とても断れなかった——」

「おまえは実は気が進んでいなかったのか？」

「相手とは一度会っただけだし、みんなにいいわね、いいわねって羨ましがられるのが気分がよかっただけかも。さっき、まだ気にしてるって言ったけど、それは正しくないのね。あんなことがあったからこそ、今のわたしがいて、結構楽しくやってるって言ったのよ。ここにいたら、嘘で殺されてしまうからって、引っ越しさせてくれて、草木草花の仕事をさせてくれたおとっつぁんにはとっても感謝しています」

「どうやら花恵には仕事の才があるようだ」

ほっと息をついた茂三郎の表情には複雑なものがあった。

「今の仕事が天職かどうかはわからないけれどね」

花恵は照れ臭そうに微笑んだ。

「勝手な親心だが、やはりおまえには女の幸せを摑んでもらいてぇ。孫の顔も見てぇ。わしは欲張りすぎているだろうか？」

「そんなことない。わたしだってそういうのも悪くないって思ってる。だけど、今すぐは無理。お願いだから、わたしを焦らせないで」

やはり、他人の噂で負った傷の痛みはまだ完全には癒えていないのだと花恵は思った。

「どうやら、あの晃吉では駄目のようだな。晃吉がまだ独り身なのはおまえを好きだからだとわかっていて、これなら絶対纏まる、おまえはここへ帰って来てくれると、藁にもすがる思いで勧めてみた。しかし、わしの焦りすぎだった」

茂三郎は苦笑した。

「晃吉に限らず、今のわたしは花仙のことに追われてるし、そういうのが楽しくて、誰にもその手の気持ちが向かないの。わかってちょうだい、おとっつぁん。この通りよ」

花恵は畳に両手をついて頭を垂れた。

「わかった、わかった、期待してその時を待ってる。もう止めてくれ」

茂三郎は悲鳴に似た声をあげた。

翌朝、茂三郎が目覚める前に起きだした花恵は飯を炊いて裏庭に植えてある葱と春菊でみんなの朝餉を調えた。葱は味噌汁に、今が旬で柔らかな春菊は胡麻和えの菜にした。炊きあがった飯で、梅干しとおかかを芯にした握り飯を手早く二つ作って、空になっている重箱に入れたところで、

「おはようございます。しまった、先を越された」

晃吉が厨に入ってきた。

「いつも、おとっつぁんたち、みんなの世話をありがとう。棚の中のめざしは朝餉の膳につく直前に焼いてね」

花恵は重箱に蓋をした。

「あ、でも、どうかお嬢さんもご一緒に。その方が親方も喜びますよ」

晃吉のすがるような目に我が目を合わさず、

「いいのよ。昨日、ゆっくり話をしたから」

花恵は重箱を風呂敷で包み、立ち上がった。

勝手口から出て八丁堀へと向かう。春の朝はうっすらと空に優しく霞がかかっていて、何とも典雅であった。花恵はふと感傷に誘われた。長く引き籠っていた頃、眠れぬ夜が明けて自死しようと思い立ち、飛鳥橋まで歩いて身を投げようとしたこ

とを思い出した。たしか、あれも春の早朝であった。

――わたしがいないのに気がついたおとっつぁんが、もしやと場所の見当をつけて、間違わずに追いかけてきてくれたこともあったけれど――

あの時花恵は飛鳥橋の前に佇(たたず)んでいて、

「こんなところまで散歩だったのか。心配したぞ」

大きな声をあげた茂三郎に向かって、にっこりと久々の笑顔を向けた。この時を境に花恵は立ち直りはじめたのだったが、花恵が飛鳥橋から身投げしなかったのは、欄干を越えようとして聞こえて来た、早朝からアサリ等を商う棒手振りの売り声ゆえだった。春霞とは対極にある、何とも生活臭漂う代物であった。

あさりーーしーじーみーよぉーいっ。あさりーーしーじーみーよぉーいっ。

独特の口調で繰り返されるこの売り声は、「あっさり死んじめえ、あっさり死んじめえ」とがなっているようにも聞こえた。あの時の花恵には猶更(なおさら)、そう聞こえたのだったが、おかしなことにぷっと吹き出していた。この時なぜか、こんなことで死ぬのは滑稽すぎると思えて、急に死にたくなくなった。

今も威勢のいい売り声が聞こえてきている。

あさりーーしーじーみーよぉーいっ。あさりーーしーじーみーよぉーいっ。

――命の恩人の声なのね――

花恵はこの声をなつかしく聞いていた。

――きっと人一人の生き死にとは、もっと真摯にして壮絶なもので、悪評ごときにおかされてはならないのよね――

今の花恵は、あの頃と比べようもないほど満たされているように感じていた。

6

八丁堀に着いた花恵は携えてきた握り飯を頬張ってほうじ茶を啜ると、座敷でごろりと横になった。そのうちに眠ってしまったらしく、気がついて外へ出てみるとすでにもう日は高かった。

慌てて藍染めの普段着に着替えて庭へ出た。留守の時に訪れた客たちのために、言伝を入れる蓋付きの甕が置かれている。蓋を取って中を見ると、名と持ち帰った桜草の代金が入っていたり、改めて訪れる旨が書かれた紙等があった。

――染井での朝が早かったとはいえ、うっかり寝過ごしてしまったなんて、わたしとしたことが――

せっかく訪れてくれた客たちにすまない気持ちで花恵は少々萎れた。こんな時は草木草花の世話をするに限るので、この時季はまだ雑草に悩まされるほどではないのだが、草抜きも兼ねて丹念に隅から隅まで庭を見廻ることにした。

お貞が青物の苗を植えている場所はすでに土の入れ替えが終わっている。

――ここには、そのうち胡瓜や茄子なんかの種が蒔かれて、苗に育てられるんだわね。今年は枝豆も苗にしてみたいって、お貞さん言ってた。あらっ――

花恵は黒々とした土の上に咲いている紫色の小さな花に見入った。

――菫(すみれ)だ――

今度は目がちかちかしてきた。

染井の実家では商品棚代わりの庭に菫を咲かせている。大川河畔のいちめんの菫畑で、毎年、桜の花見同様、毎年賑やかな菫の花見が行われていて、酒や肴を持ち寄って盛大に花見を催す人たちは菫好きであった。自分の家にもこの可憐で奥ゆかしい花を植えたいと望む向きもあった。

当然、実家では人気の桜草同様に菫も咲かせている。一方、花恵のところは桜草だけで菫は扱わない。菫を想うともう生きてはいられないとさえ感じて苦しかった、あの引き籠りの時期と関わる、辛い思い出があった。とはいえ、菫に罪はないのだから、花恵はすぐには引き抜けずにいた。

——土替えの時、土に種が付いてきてて花を咲かせたんでしょうけど——

花恵は咲いている菫を前に躊躇(ちゅうちょ)していた。

——たしかに青物の種蒔きの時には邪魔よね——

何とか引き抜く口実を探したものの、

——でも、土替えの時に土に付いていた種は、たいてい土中に深く埋まってしまって芽吹けないものだし、反対に土の上に載ったままだと目ざとい鳥や虫に食べられてしまう。芽吹いて柔らかで美味しそうな若菜に育っても同じこと。そんな苦難を乗り越えて、こうしてせっかく咲いてるんだもの——

つい愛(いと)おしくなって菫の花に顔を近づけた。

——とてもいい匂い、もしかして、これがきっとそうだわ——

その菫のひときわ芳(かぐわ)しき匂いにまたもや心が揺れかかったものの、結局花恵は菫の花をそのままにすることにした。

そこへ、

「お邪魔しまーす」

華やいだ若い女の声がした。

――おとよちゃんだわ――

この時も花恵の胸の辺りがちくっと痛くなったが、それはほんの一瞬で収まった。

「花恵ちゃんの桜草を買いに来たのよ」

おとよはそう告げて、

「はい、これ、どうぞ」

江戸の京銘菓店として知られる、老舗桂林堂の桜や梅、桃の花、つくしや雛人形等、春の花や風物を模した干菓子の詰め合わせを差し出した。

「桂林堂さんじゃ、時折こうして特別なお菓子を、長いつきあいのお得意さんだけに用意してくれるのよ」

おとよの弾んだ声に、

「桂林堂さんのお菓子なんておとよちゃんからいただかなきゃ、滅多に口にできるもんじゃないわ、ほんと、ありがとう」

花恵は礼を言った。

同い年のおとよは花恵が手習いに行っている頃からの親友で、今は味噌問屋井藤(いとう)屋(や)の若旦那仁兵衛(にへえ)の女房に納まっていた。おとよの父親は染井の植木職の一人であったが、高い松の木から落ちて亡くなった後は、長屋住まいを続けて、母親が端裂(はしきれ)を売って娘との暮らしを立てていた。

おとよは花恵の家によく遊びに来ては、庭で草木草花を見て廻ることも多かった。

そんなある時、園芸好きの味噌問屋井藤屋の若旦那仁兵衛が立ち寄り、庭に出ていた花恵たちに話しかけてきた。

「ここは染井一の花屋さんだと聞いていたので、もしかしたら、わたしが常々欲しいと思っている菫があるかもしれないと思って――」

仁兵衛はにこやかな笑顔を向けた。どうということのない、よくあるメリハリのない目鼻立ちではあったが、丸餅を潰したような丸顔の鰓(えら)は少しも張り出ておらず、小太りで色は白く、おっとりとした佇まいに気品はあった。けれども、着ているものが相当に高価で、屋号を染め抜いたお仕着せ姿の手代たちが供に付いてさえいなければ、ただの通り掛かりの園芸好きのお大尽としか見えなかった。

「菫ならあそこです」

花恵は菫が植えられている所へと仁兵衛たちを案内した。仁兵衛は熱心に半畝(せ)(約五十平方メートル)ばかりの花壇に植えられている菫を順に見ていった。その目は鋭くこそないものの、興味津々に見開かれて菫に注がれ続けていて、見るというよりも調べているといった方がふさわしかった。

「決め手はやはり鼻でしょう」

突然、仁兵衛は這いつくばって、菫の花畑の匂いを嗅いだ。手代たちも若旦那に倣って蟹のように平たくなった。

この時やっと花恵はこの御仁が菫であれば何でもいいわけではなく、これと決めた菫を探しているのだと理解した。花恵は植木屋の娘なので草木草花というものは、人が手を加えて新種を生み出しなどしなくても、ところ変われば品替わるで、風や鳥、獣たち等に運ばれた種がさまざまな種類を生むことを知っていた。

——でも菫は紫系、黄色、白色と色の違いこそあれ、どれも菫なんじゃないかしら?——

正直なところ、花恵は仁兵衛の菫への拘りが不可解であった。それでつい、

「そんなに菫っていいんですか？」

口を滑らせてしまったのだったが、

「もちろんです」

相手は真顔で大きく頷き、

「あなたはあまり好きではないのですか？」

何と訊き返してきた。花恵が言葉に詰まっていると、

「万葉集に『春日野に煙立つ見ゆ娘子らし』とか、俳聖の松尾芭蕉が『山路来て何やらゆかしすみれ草』と詠むぐらい、古くから親しまれてきた菫、とても可愛くてあたしは大好きです」

おとよが代わって応えた。

手習いに通っている頃から、何でもよく知っているおとよは飛びぬけた容色の良さだけではなく、誰にも負けない学びの精神の持ち主であった。

「あなたはどうなんです？」

仁兵衛はまだ、花恵を見つめていた。

万葉集や芭蕉に通じていない花恵は仕方なく、

「菫は味のよい野草です。葉が若菜のうちに摘んで茹で、お浸し、和え物、酢の物、味噌汁の具に、茹でずに衣をつけて天ぷらにしても美味しいかと。ああ、でもこれは花ではなく葉ですね。愛でるというよりも、使い途のことでした」

口にはしてみたものの俯いてしまった。すると仁兵衛は、

「菫というのは古くから食べるために摘んで汁に入れることが多く、これが〝摘み入れ〟と言われ、それがなまって菫となったという説が有力です。また、開き加減の花の形が大工道具に欠かせない墨入れに似ているせいで、墨入れからスミレになったとも言われています。たしかに菫は食べられる草でもあるのですよ」

二人に向かって微笑んだ。

「お探しの菫はありましたか？」

ほっとして幾分落ち着いてきた花恵が訊いた。

「残念ながら」

仁兵衛が首を横に振ると、

「いったい、どのような菫をお探しなのでしょうか？」

おとよは眦を上げた。

「ニオイスミレと言われているものです」

「ニオイスミレ？　どんなものなのですか？」

おとよが続けて訊いた。

「そうですね――」

先を話そうとした仁兵衛を、

「若旦那様、そこまではちょっと」

手代の一人が止めて、味噌問屋井藤屋の若旦那一行は帰って行った。

その夜、気になった花恵がニオイスミレについて茂三郎に訊ねると、

「そいつは長崎あたりから入ってきちまった海の向こうの菫だ。えらく香りがよくて、あっちじゃ、汁に浮かべたり、砂糖漬けにして楽しむんだそうだが、こっちじゃ、滅多に見かけねえ。まあ、集めるのが好きな奴らの中には、何としてでも欲しいってえ奴はいるだろうな」

と話してくれた。

そして、その話を花恵が聞いて一月と経たない吉日、味噌問屋井藤屋の主庄左衛

門に頼まれたという仲人が訪れて、花恵を跡継ぎの倅仁兵衛の嫁に迎えたいという話を持ち込んできたのだった。

7

この時すでに仕事にかこつけた根回しは行われていて、茂三郎に断る術はもうなかったが、それでも、

「人や物と違って草木草花相手にあっちへ行くな、こっちに来るなと命じても無駄だ。種は風に乗り、時には海を行く小舟にさえ乗って陸に上がって生き続ける。人はもとより鳥、獣、あらゆる生きものについて知らずと運ばれる。そうは言っても、異国の物は御法度、御禁制と決められてから久しい。植木職の娘が味噌問屋井藤屋の跡継ぎの嫁に望まれるってえのは、てえした玉の輿だが、どうかな？　たかが菫とはいえ異国かぶれの男の嫁になるのは？　大袈裟に言えば徳川様に弓引くことだ。いけないねえ、皆、徳川様への長きに亘る大恩を忘れてては――」

愚痴混じりに内心の不安を口にしてあまりいい顔はしなかった。

すっかり舞い上がってしまっていたのは、根回しされた親戚や仕事仲間たちで、まだ相手方への返事もしていない頃から、祝いの品々が続々と届けられてきた。そして、茂三郎が正式な返事をすると決まった日には、大叔母のはからいで餡入りの紅白の餅が近所の人々に配られた。瓦版屋もしきりに書き立て、花恵の嫁入り道具まで書かれた。そのせいで茂三郎は大枚を叩かざる得ず、何棹もの桐簞笥が注文されて、呉服屋の勧めるままに、これでもか、これでもかと着物や帯が詰め込まれた。遠い親戚たちまでもが出入りをはじめて、

「まあ、物入りだろうけどな」

「でも、おめでたいことですからね」

などという言葉を交わし合って、酒や茶菓を楽しんでいくことも多々あった。

――思えば無理やり乗せられたような玉の輿だった――

この手の騒ぎが突然止んだのは、井藤屋から託された文を携えた仲人の訪問を受けた翌日からであった。

「これをお読みください」

青ざめた顔色の仲人は井藤屋の主からの文を茂三郎に手渡した。読み進むうちに

茂三郎の顔は真っ赤な怒りで染まった。その文にはまず、花恵が生娘ではないはずだと書かれていた。その理由はここ何年かの間に市中に出没している、何人もの素人娘を傷物にした好色漢に実は花恵も襲われていて、無理やり犯された過去があるからだという。

こうした忌むべき恥ずかしい過去を隠したい気持ちはわからないではないが、縁談ともなればまた別で正直に話してほしかった、そして、断るべき筋だったというのが先方の言い分だった。それゆえ、今になってこちらから断らざるを得ないのは、何とも得心の行かない、こちらが泥を被らされたような気がする、江戸一の味噌問屋の暖簾が汚されたようだとも書かれていた。

「承知いたしやした。けれども、遠いご先祖は百姓だったわたしども植木職は、常に土と共に生きてめいりやした。土は決して穢いものではございません。味噌に混ぜ込まれるのはこちらも御免だとお伝えください」

茂三郎はその場でびりびりと音を立てて、相手の文を破り捨てた。

茂三郎からこれを伝えられた花恵は俄かにこの現実が信じられなかった。

「だって、そんなの嘘じゃないの。嘘なんだからそうじゃないって、きっとわかるわ、そのうち――」

花恵は夢中で無邪気に繰り返したが茂三郎は首を横に振り続けた。

この後、日を追う毎に花恵の心の痛みは深くなった。親戚は誰一人寄り付かなくなり、ひそひそ話が聞こえるようで習い事にも買い物にも出られないという日々となった。

しかし、募っていた自死願望を「あっさり、死んじめえ」と聞こえる売り声で乗り越えた花恵は、あのおとよが井藤屋の嫁になったと知らされても、不思議なことにあまり動揺しなかった。その時、

――わたしは玉の輿に乗って皆にちやほやされたり、羨ましがられるのが楽しかっただけで、実はあの時、たった一回会っただけの仁兵衛さんを好きというわけではなかったんだ――

つくづく悟った。

「花恵ちゃんが八丁堀で花仙を開くって聞いて、あたし、どんなにうれしかったか――、何せ、本郷にある井藤屋と八丁堀は染井よりもずっと近いんだもの」

花恵が八丁堀に引っ越すとおとよはすぐに訪れ、二人は久々の再会を果たした。

以来、おとよは花仙に新しい苗や鉢物が出ると必ずもとめに来てくれている。ただし井藤屋に嫁に入った経緯(いきさつ)について、おとよは話そうとしなかったし、花恵もあえて訊くこともなく今に至っていた。世間では願ってもない玉の輿を、最後はおとよがかっさらったかのように陰口が叩かれているが、

──大事なのはおとよちゃんとわたしが子どもの頃からの友達だってこと、きっとそれだけでいいんだ──

花恵は耳を傾けてなどいなかった。

それでもさっきのように、ニオイスミレに遭遇すると、やはり胸がちくっと痛んだ。

──おとっつぁんとそうしたように、いずれおとよちゃんとも話をすることになるかもしれない──

とはいえ、今はまだ、それを先送りにしたかった。江戸一の味噌問屋の若内儀になったおとよの幸せそうな姿だけを見ていたいと花恵は思っている。

もともと美人画の絵師に追いかけられるほど器量好しだったおとよだが、日に日に美しさに磨きがかかってきていた。髪は既婚の印の丸髷に艶やかに結い上げて、

化粧はやや控えめに抑えている。常に最上質の着物を帯等と揃いで身につけていた。この日は春の野を描き出した総模様の友禅染めを華やかに着こなしている。

「おばさんは元気？」

おとよの美貌は母親の早紀(さき)譲りであった。

「井藤屋さんじゃ、有難いことに、このところ身体の弱ったおっかさんの面倒も見てくれてるのよ。うちの人がほっとけないって。井藤屋(うち)に一緒じゃあ、気兼ねだろうからって、春木町に家を借りてくれたの。その上、庭におっかさんのために五段もある雛段式の桜草の花壇も造ってくれたのよ。優しいのよ、うちの人」

おとよはぽっと両頰を赤らめた。

「それはそれはごちそうさま」

花恵の口からこの言葉がすらりと出た。不思議に何の痛みも感じなかった。

「あたし、そんなつもりじゃあ――」

おとよの方が気がついて俯いてしまった。

いいのよ、気にしなくてと言いそうになった花恵は、慌てて、

「そんなに凝りに凝った花壇なら朝顔や菊みたいに、人の手によるいろいろな変種

も集められているのでしょうね」

桜草の園芸品種は、花の咲き方や花の色、大きさなどが異なるものが多種存在している。仕切りをした朱塗りの箱に寒天を流して、園芸品種の桜草を各々一本ずつさして名札を立てて愛でる、花くらべさえ行われることもあった。

「『凱歌』と名付けられた桜草は小さな花ながら、裏は桃色なのに表は裏の色が全体に滲んだような曙白、大輪の『獅子頭』は花弁の裏が紫で表はその紫が濃く出ていて、白と絶妙に混じり合っている。他にもいろいろあるけど」

おとよはそこで説明を止めて、

「でも、あたしもおっかさんも花恵ちゃんのとこの桜草が大好きよ。野にある桜草を大事に大事に種から育ててると、花だけじゃなしに葉も茎も根までしっかりしてきて、一鉢があんなに可愛く輝くのだものね」

花恵が造る桜草を褒めた。

「そうは言っても、わたしのは、季節寄せの桜草売りが群生してる桜草を、土から引き抜いて鉢に入れて売ってるのと同じ種なのよ」

花恵が謙遜すると、

「でも、花恵ちゃんはそれが一番だって思ってるのよね」

　おとよが念を押してきた。

「それはそう」

　花恵はきっぱりと言い切った。

「あたし、そういう花恵ちゃん、子どもの頃から大好きだった」

　おとよは真顔で告げ、

「わたしはおとよちゃんなら、どんなおとよちゃんだって大好きよ」

　花恵は、おとよに気を遣わせないよう、

「ところで旦那さん、まだニオイスミレを探してる？」

　と自然に訊いた。

「もちろんよ、それもますます熱心に」

「そのニオイスミレ、実は思いがけない所で見つかったのよ」

「ええっ？　本当？　うちの人、きっと大喜びするわっ、うれしいっ」

　おとよは小躍りしかけた。このあと花恵はお貞が青物の苗を作る畑を見せようと、おとよを案内した。

早速ニオイスミレに鼻を寄せたおとよは、

「わあ、なんっていい匂い。花恵ちゃん、襷(たすき)をお願い、貸して」

着物の両袖をたくし上げると、自分の手で鉢植えに仕上げた。

「今日は二人で祝い酒？」

花恵の言葉に、

「もちろんよ。これを肴に夜半まで祝い酒」

おとよは桜草二鉢はお貞に届けてもらうことにして、ニオイスミレの鉢だけを大事そうに抱え持って帰って行った。

第二話　出会いのニオイスミレ

1

　花恵の桜草は日々順調に売れ、あと五鉢になったある日、同心の青木秀之介が訪れた。やはり、この日も一番乗りであったが、外はまだ薄暗く、花恵はちょうど竈(かまど)で飯を炊き上げたところであった。

「ごめんなさい、これから朝餉なんです。すぐに済ませてしまいますから、どうぞ、上がってお茶でも飲んで待っててくださいな」

　花恵は青木を座敷へと招き入れた。

「それではお言葉に甘えて」

花恵は青木のために座布団を用意した。

この日の朝餉はあり合わせで、ぶっかけ飯である花恵流の深川飯であった。これは砂を吐かせたアサリを出汁をきかせた味噌汁の具にして、炊き立て熱々の飯にじゃぶっとかけて刻み葱を載せて掻き込む。

ほどなく桜草は売り切れてしまうだろうから、今日あたりから、切り花としても人気のある牡丹や芍薬等の世話に邁進するつもりであった。

花恵は青木には梅干しに白湯を差した朝茶を出し、自分は簡素などんぶり飯に箸をつけた。すると向かいからぐうと腹の鳴る音が聞こえた。

「もしかして、お腹、空いてません？」

花恵の問いに、

「実は少し――」

青木は腹を押さえた。青木には身の回りの世話係でもある母親がいる。こんなことは今まではなかったので、

「お母様、どこかお悪いのですか？」

訊かずにはいられなかったが、

「いいえ、常と変わらず元気にしています」

青木はにっこりと笑った。

「こんなものでよかったら、食べてください」

「それは有難い」

こうして二人は花恵流深川飯で朝餉を終えた。

「もう、一杯、先ほどの梅干しの入った茶をいただけませんか？」

「何杯でもどうぞ」

花恵は新たに朝茶を淹れたものの、常とは異なる青木の様子を感じた。強いて言葉にしてみるのなら、胸に鉛が秘められているような——。

——もしや、朝餉なしでここへおいでになったことに関わりがあるのでは——

「何か気にかかることでもあるのですか？」

花恵が思い切って切り出すと、

「見抜かれてしまいましたか？」

青木は自嘲気味に笑って、

「実は井藤屋仁兵衛が高田馬場の崖から落ちて死にました」

そう告げてじっと花恵の顔を見据えた。

——おとよちゃんの旦那さんが——

花恵の頭に真っ先に浮かんだのは、平たく白く丸かったと、ぼんやりとしか覚えていない仁兵衛の顔ではなく、ニオイスミレを手にして飛ぶように帰って行ったおとよの笑顔だった。

「神隠しに遭った、奉行所総出で行方を探してくれと、井藤屋から頼まれて三日目のことです。仁兵衛の骸(むくろ)をわたしが高田馬場の崖下で見つけました。頭の後ろに打ち付けた傷が一つありました。崖のそこかしこに突き出ている、石によるものであるかもしれません」

——おとよちゃん、どんなにか悲しんで、気を落としていることか——

花恵はおとよの悲嘆が自分のことのように感じられて、胸が潰れそうになった。

「実は、仁兵衛とわたしは気の合う園芸仲間でして、四季折々、野山へ一緒に出かけていたのです。二人で珍しい草木草花集めの話をはじめたら、あっという間に夜が明けるほどでした。珍種があるかもしれないというのに、まだ誰も手をつけていない所を、わたしたちは探して教え合っていました。仁兵衛が命を落とした崖は、前々から珍種の宝庫ではないかと仁兵衛がわたしに話してくれていた所の一つでした」

「青木様や仁兵衛さんは山や崖に慣れていたんですよね」

青木の目は一瞬たりとも花恵の表情の変化を見逃すまいとしていた。

「もちろん。その崖はやや切り立ってはいましたが、慣れているわたしや仁兵衛が足を滑らせるはずなどないのです」

「どういうことですか」

「仁兵衛は誰かに突き落とされて殺されたのだと思います」

低い声で答えた青木はじっと花恵を見つめている。その顔は強張り青ざめて見えた。

「仁兵衛とわたしは草木草花集めを通しての絆でしたので、あなたとのことは何も聞かされていませんでしたが、このようなことになって調べさせてもらいました」

――苦しいお顔にも見える――

「わたしが破談になったことを恨み続けていて、仁兵衛さんを殺したとでも？」

「まあ、そういう――」

青木は目を伏せた。

「たしかにね」

花恵は自分でも驚いたほど朗らかな声を出した。

「そう思われても仕方がないのかもしれませんね。わたしはここで一人暮らしですし、丸一日中、わたしがここにいたか、出かけたかなんてことを見ていてくれる人もいませんから」

「親や身内同然の奉公人、仕事仲間の言い分もたいていは庇いだてとしか見做されません」

青木はくぐもる声で呟いた。花恵はそんな青木を強い目で見つめた。

「わたしが仁兵衛さんを、おとよちゃんの旦那様を殺すはずはありません」

「あなたは女ですから、罪を認めて心から悔いている様子を見せれば、父親が将軍家の庭師でもあり、お上のご慈悲があるでしょう。罪一等は減じられて八丈送りとなり、命だけは助けられるはずです」

そう告げた青木は、何と畳の上に両手をついて頭を垂れた。

――江戸から送られた罪人たちが、長い年月をかけて罪を償う流刑地である八丈島に私が送られたら、染井の植木屋の肝煎茂三郎はどうなるの？　娘の罪を軽くする代わりに肝煎を辞めさせられるどころか、何もかも取り上げられて、首を縊る羽目になるかも――。

これはあの降って湧いた玉の輿から破談になった時に似ている。どんなに身に覚えがなくても、一度掛けられた疑いや怪しみは募ることはあっても決して消えず、真実とされて責められる。恐ろしい罠――

この時、花恵はもうすぐ、大輪の美しく艶やかな花を咲かせようとしている牡丹や芍薬の花姿が目に浮かんだ。

――わたしが世話をしなければ綺麗には咲かない花たち。その晴れ姿をこの目で見なければ死んでも死ねないっ。あの時よりも、もっとわたしは追い詰められているけれど、わたしには引き籠ったりしているゆとりなぞない。何としてでも掛けられた嫌疑を晴らさなければならない――

「わたしは殺してなぞいません。他に下手人がいるはずです。青木様が仁兵衛さん同様、無類の草木草花好きとお見受けして、お願いがあります。仁兵衛さんが崖で何を探していたのか、知りたいのです。わかりますか？」

「それなら――」

　顔を上げた青木は懐から二つ折りにした紙を取り出して開いた。すでに萎れきった一摑みの菫で葉や茎、根まで付いている。

「これを仁兵衛はしっかりと握りしめていました」

「見せてください」

　花恵は鼻を近づけてみた。

「これはおそらく、大川河畔にどっさり咲いている、よくある菫です。仁兵衛さんが大変珍しいニオイスミレについて話していたことはありませんか？」

　花恵の問いかけに、

「ニオイスミレの話は聞いていません。熱心な草木草花好きは、どこに何があるようだという話をする際、収集の中身は伏せて話すのが常道です。互いの収集が被ることもありますから。その手の話が自慢話を兼ねていることもありますし――」

　青木は首を横に振った。

「仁兵衛さんは以前から、ニオイスミレに執心されていたのです。ですから、それをはっきりさせるために、仁兵衛さんが命を落としたという高田馬場の崖に案内してください。わたしは神かけて仁兵衛さんを手に掛けてなぞいません。どうしても調べなくてはならないことがあるのです」

　花恵が凜とした面持ちできっぱり言い切ると、青木は心なしかほっとした様子になった。

2

「あなたに見せた菫の花を握って仁兵衛が死んでいたのはあの辺りです」

　青木は仁兵衛が下で骸になっていた高田馬場の崖下へと身を乗り出して説明した。花恵も同様な体勢でその辺りに目を凝らした。そこそこ急な斜面に紫色の菫がぽつんぽつんと何ヶ所かに咲いている。

「仁兵衛さんはあれらの菫がニオイスミレではないかと思って、ここへ採りにきたのでしょう」

　――旦那さん想いのおとよちゃんを喜ばせたくて、うちのニオイスミレを持たせたのが仇になったのね。あの一輪が仁兵衛さんのニオイスミレ熱をさらに上げてしまったに違いない、それでここへ、そして——

一瞬自分を責めた花恵だったが、

——でも、その償いに罪を着るわけにはいかない。それって、間違った償い方だもの——

意を決してそろそろと崖を下りようとすると、

「駄目です、危なすぎます」

青木が、片足を斜面へと踏み出した花恵の前に立ちはだかった。

「それにあなたをここで転落させては、わたし、お役目を全うできなかったことになり職を失いかねません」

「仁兵衛さんが採ろうとしていたはずのこの菫がニオイスミレだとわかれば、誰かがただの菫を骸に握らせたということになるのです」

花恵は強い抗議の目を相手に向けた。

「そうとも言えますが。それではあなたに代わってわたしがあれらの菫を採ってきます。仁兵衛にも増してわたしはこの手のことに慣れております」

そう告げると青木は足元を確認しつつ、ゆっくりと斜面を下り、菫の咲いている所を移動して行った。上がってくるのも同様でほとんど危なげがなかった。

「ご覧になったでしょう？　岸壁ならいざ知らず、この程度の崖、慣れてさえしまえばどうということもないのです。あの達者な仁兵衛が足を踏み外したとは思い難い。ああ、何とも芳しく奥ゆかしいいい匂いだ。この匂いは大川河畔や野原、田の畔に咲いている菫にはないものですね。確かに仁兵衛が夢中になるのも無理はありません」

青木は菫の匂いを嗅いで、採ったニオイスミレを花恵に渡した。

「ただしニオイスミレだけであなたへの疑いを晴らすのは難しいと思います。あまり花に興味がなく、匂いの別がわからない輩が世の中にも、奉行所にも多いですからね。仁兵衛は突き落とされて殺されたということは変わりません」

青木は顔を顰めてふうと重いため息をついた。

その後、花恵への疑いが晴れない青木と別れて、花仙に戻った花恵に、おとよから文が届いていた。母親早紀の住まう家の町名の他には、たった一言、以下のようにあった。

花恵ちゃんに会いたい。　　　　　　　とよ

花恵は崖で自分の疑いを晴らせなかった悔しさや疲れが一瞬で消えたように感じた。早速、花恵はお早紀の家へと向かった。きっと、おとよは花恵が疑われていることはまだ知らないのだろうと思った。

おとよが仁兵衛と夫婦になってから初めて訪れるお早紀の家は日当たりが悪そうな粗末と言ってもいいほどのところだった。

——どうしてこんなところなのかしら？　おとよちゃんは井藤屋の若内儀なんだし、そのおっかさんの住む家にしては、ちょっと——

花恵は井藤屋に違和感を覚えずにはいられなかった。老舗の大店ながら味噌問屋井藤屋の主庄左衛門と内儀のおぬいは、資金繰りに苦しむ同業者たちに何くれと便宜をはかる、温厚な人格者であり、災害時の奉行所への多額の寄付、孤児(みなしご)を引き取って育てている尼寺を含む寺社への寄進を惜しまない篤志家であった。

それゆえ、花恵の父茂三郎は降って湧いた縁談を断るのが憚(はばか)られ、また、一方的

に破談を言い渡してきた主の文にあれほど驚き、怒り心頭に発したのであった。

「ごめんください」

　小ぢんまりした二階家の前で声を張ると、

「来てくれたのね」

　化粧気のない青い顔のおとよに迎えられた。やつれた表情で、声もか細い。門を入ると庭道具が散乱している。勝手に手が動いて花恵はこれらの道具を道具小屋に片付けた。

「おとよちゃん、顔色が悪いわ」

「あたしもおっかさんも、すっかりまいってしまって。おっかさんは、心の臓の持病が祟って苦しくなって、今、上で横になっている」

　おとよは玄関を入ってすぐの階段の上を指差した。家全体にどんより沈んでいる重苦しい空気が漂っていて、花恵はおとよやお早紀をこのまま放っておけないという強い気持ちに駆られた。

「何も食べてないいんじゃない？　何か口に入れなきゃ」

「ありがとう、花恵ちゃん」

そう言って微笑もうとしたおとよは、花恵にすがりついて堰を切ったように泣きはじめた。こんなに声を上げながら泣くおとよの姿を見るのは幼き頃以来だった。父親が亡くなってからというもの、いつも心優しく、母親想いなおとよは、意地っぱりなところもあり、めったに花恵に弱いところは見せなかった。思わずもらい泣きした花恵だったが、

「入ってね、どんなに辛い時でも泣いてばかりはいられないのよね」

そろそろとおとよの身体を引き離すと、

「心は泣いてても、五臓六腑は飢えたくないって叫んでるものなの。だから食べなきゃ、駄目」

自分の時もそうだったと思ったが、口に出さず、奥の厨に立った。

お早紀が綺麗好きなことは知っていたが、流しや棚は言うまでもなく、釜や竈までぴかぴかに磨かれている。洗い上げられた湯呑が二つ、盆の上に伏せられている。

花恵は飯を炊くのを止めて粥(かゆ)にすることにした。幸い棚の中の籠に卵が幾つかある。

――お水やお茶くらいしか受け付けない、おばさんやおとよちゃんにいきなりご

飯は無理だ——

　花恵は鍋に米と水を入れ白粥を作ったあと、溶き卵を入れてよくかき混ぜた。そこにかつおで取った出汁つゆをかけてしばらくすると、卵粥が出来上がった。

　さめざめと泣いているおとよは座敷でぺたんと座ったまま立ち上がれそうになかった。花恵が二階で横になっているというお早紀に盆に載せた卵粥を運んだ。

「おばさん、具合が悪いんだって？　大丈夫？　これ食べて、精をつけて」

「まあ、花恵ちゃん、来てくれたのね、ありがとう。せっかくだけどー今はーいい。そこに置いておいてー。ちょっと眠れば大丈夫だから。悪いけど」

　心の臓が悪いお早紀は横たわったまま、息を何度も継ぎながら応えた。

「お医者さんは呼んだんだよね？」

「おとよもそう言ってくれたけどー、大丈夫。眠ればすぐよくなる。それより井藤屋は忙しいだろうから、早くー戻るーようにおとよにー言って」

　お早紀は憔悴して、おとよ以上に顔色が冴えなかった。

「本当に大丈夫？　心配よ」

「横になっていればー大丈夫」

「じゃ、おばさん、後で食べてね。眠って食べれば、きっと良くなるから」

そう言って、階段を下りようとすると、玄関先からおとよと耳慣れない男の声が聞こえた。

3

「どうしてもですか？」

おとよのか細い声が相手にすがっている。

「はい。どうかこれらはそちらでお納めいただきたいと、お内儀が申しておりますので」

相手の男の声は低くくぐもっていて硬い。おとよを拒むような響きだった。

「でも、おっかさんはお姑(かあ)さんに頼まれて幾つも縫ったんですよ。お姑さんの好きな裂をおっかさんが縫ったんです。お姑さんも喜んでいたはずです。何かの間違いでは？」

「すみません。てまえはお内儀の言いつけで伺っているだけです。これで失礼いたします」

　玄関戸が大きく閉まる音がした。

　花恵が階段を下りきると、玄関口におとよが蹲(うずくま)っている。そばには趣深い色味の裂が使われている幾つもの巾着袋が積み重ねられていた。

「おとよちゃんも少し、卵粥を食べない？」

　花恵は、立ち聞いた会話には触れないよう、おとよを少しでも元気づけたくてあえて明るく振る舞った。

「今のはね、おっかさんの巾着袋を突き返していった、井藤屋の番頭さんの一人」

　おとよは二階にいるお早紀に聞こえないように声を潜めた。

「どうして？　おばさんが心込めて作ったものなのに？」

「お姑さんはおっかさんと仲良くしてくれるけど、もしかしたらうわべだけのお体裁だったような気もする。おっかさんは喜んでたけど、長屋からここへ移り住んだおっかさんと井藤屋とじゃ、差がありすぎるものね」

「でも、おとよちゃん、望まれて嫁に入ったのよね」

　草木草花好きの仁兵衛と花恵が破談になった後、やはり、どうしても自分の趣味をわかってくれる女がいいと言い張って、花恵同様植木職の娘おとよが選ばれたのだと世間は噂していた。

「井藤屋だって、世間から見ているのと、家族になってしまった後じゃあ、全然違うのよ。うちの人が亡くなった日、舅さんたらね、着物を泥だらけにして帰ってきたの。袖も綻びていて、おまけに脚は擦り傷だらけ。石に躓いて転んだって言うと、お姑さんに『本当に転んだだけかしら？　供に誰も連れて行かなかったし、白粉や紅の入った鏡台に躓いたんじゃないの？』って、嫌みを言われてた。うちの人が亡くなった時に舅さんはって思うと、腹が立ったわ」

仁兵衛を失ったおとよにとって、井藤屋はより肩身の狭い場所になったのだと花恵は悟った。

「本当は冷たい舅さん、お姑さんだから、うちの人に死なれた後、どんな風になっていくのか、まるでわからない。お通夜は病がちなおっかさんの身体に障るから来なくていい、しばらく、傍についているようにってお姑さんに言われて、あたし、今、ここにいるの。若旦那があってのあたしたち親子だもん、死なれたらもう赤の他人ってことでしょ。これ以上井藤屋にいなくていいのよ、きっと。おっかさんともども、ここを追い出されるかもしれないし。不安でならないの」

おとよは苦悶の表情を浮かべ、絞り出すような声で花恵に告げた。仁兵衛と一緒になってから、おとよの口から井藤屋について聞くのは初めてだった。

花恵はしばらく返す言葉が見つからなかったが、やっと、

「二人とも身体だけは大事にしてね」

とおとよの背中をさすって家を出た。

――おとよちゃんとおばさん、大丈夫かしら。これからどうなるのだろう。心配だわ――

悲しみにくれた二人の顔が忘れられなかった。

そんなことを考えているうちに、知らずと花恵の足は染井の実家に向いていた。

――わたしにまだ疑いがかかったままでは、おとっつぁんたちにも禍が降りかかってきてしまう――

勝手口を開けると、慌てた様子で晃吉が出迎えてくれた。

「さっき立ち寄ったお客さんから、あの若旦那、井藤屋仁兵衛が死んだって聞きましたよ。正直、あんなことがあったのだから、ちょっといい気味だとは思いました

けど」

晃吉はまず微笑んで見せた。

――こんな笑顔でいられるということは、ここじゃ、まだわたしが疑われていることは知らないんだ――

「あんなことがあってからというもの、植茂(うち)じゃ、井藤屋の庭はもう引き受けてませんしね。それにしてもあの若旦那、自業自得ですよ」

さらにまた晃吉は無邪気な笑いにそぐわない意地の悪さを披露した。花恵は晃吉の減らず口に素直に頷くこともできず、急いで茂三郎の部屋へ向かった。

茂三郎は部屋で、珍しく文机に向かっていた。書き上げたばかりの文には〝染井肝煎致仕願(ちしねがい)〟と書かれている。

花恵の顔を見てもさほど驚かず、

「一度あることは二度ある。三度はねえといいんだがな」

真顔で言った。

――おとっつぁんにはわかってたんだ――

「代々、将軍家のお庭のお世話をお任せいただいていると、このお役目には名誉だけではなく、よほどの恩典があるのだろうと仲間内で羨ましがられてきた。おそらく妬みも買い続けてきただろう。このあたりでお役目を返上さえすれば、喉から手が出るほどこのお役に就きたがっていた奴らが、もうこれ以上、わしやこの家を目の敵にすることもなくなるだろうと思う。おまえに降りかかってきかねない禍を避ける鎧にもなるだろう」

落ち着きはらって静かに語る茂三郎の重い言葉だった。

「おとっつぁん、それだけは止めて。だって、おとっつぁん、いつも言ってたじゃない。『植木職は庭の手入れが役目だ。だが、庭も家屋敷のうちであるからこっちがその気にさえなれば、立ち聞きもできれば、湯殿等の盗み見、盗人まがいのことまでできる。特別なお役目の担い手がお庭番と名付けられもした。植茂が代々将軍様のお庭をお預かりしているのは、全幅の信頼を得て、庭だけではなく、城をも含む全てをお守りするということだ。ゆめゆめてめえの欲におぼれちゃなんねえ。これを貫くのがわしらの役目で誇りだ。人は欲に弱いもの、己の欲を制するこの苦しいお役目、託せる者はなかなかいねえ』と。他の人がおとっつぁんのお役に就いてしまったら、ご先祖様たちが築いてきた、長きに亘る将軍様への無心の御奉公に傷がつくんじゃないの？　おとっつぁんだって、ご先祖様たちに顔向けできないんじゃないの？」

花恵は夢中で反論した。

「しかし、わしにはおまえの命の方が大事だ。おまえには、たとえ八丁堀での小商いであっても続けて生きてもらいてえ。おまえは若くまだまだ先に花実がある。ご先祖様にはわしの命を捧げて許していただく。覚悟はできてる」

茂三郎は、顔色一つ変えずに言ってのけた。

「そんな――植茂を畳むって言うの？」

「将軍様のお庭から退くのであれば家業は畳むに等しいと、誇り高きご先祖様たちはお思いになるだろう」

「でも、まだわたしは若旦那殺しの下手人として疑われているだけなのよ」

花恵は必死で茂三郎の覚悟を翻させようとしたが、

「でもおまえが下手人じゃねえという、確たる証（あかし）はねえんだろう？　破談にされた恨みだ、丑（うし）の刻（こく）参りをしていたのを見た、呪い殺したのだなんぞとさんざん嘘を並べたてられ、嬲（なぶ）られた挙句、下手人にされちまう――」

茂三郎はこれ以上はあり得ないほどの渋面になった。

一瞬、言葉に詰まった花恵は、

「ええ、でも——」

仁兵衛の骸が握っていた菫と、採ろうとしたニオイスミレとの違いを熱を込めて話した。

「海を渡ってきたニオイスミレなんぞ、いってえどれだけの人たちが知っているってんだ？　それに菫は花姿がどれも似ている上に、ニオイスミレの匂いだって、香を聞かれる強い香りの伽羅(きゃら)や白檀の足元にも及ばねえ、そこはかとないものだろう？　嗅ぎわけられる者の少ない菫とニオイスミレの違いなんて、おまえの身の潔白にはならねえ」

茂三郎の言うことはもっともだった。父への申し訳なさ、世の理不尽さ、自分の腑甲斐なさ、すべてがふくれあがって耐えられなかった。

「おとっつぁんの気持ちはうれしいけど冗談じゃない。今のわたしは二年前のわたしとは違うのよ。噂や思い込みで濡(ぬ)れ衣(ぎぬ)を着せられて首を刎(は)ねられるのなんて真っ平よ。我慢ならない。必ず下手人を見つけてやるんだから」

啖呵を切ると自分の部屋にそそくさと入り布団にもぐり込んだ。

その夜はまんじりともできず、空が白みはじめると花恵は実家の勝手口を出た。

ここからの方が仁兵衛が死んでいた、あの崖によほど近いからであった。

4

花恵は春の朝靄の中を早足で進んだ。人通りはないが、時折、〝あっさり死んじめえ、あっさり死んじめえ〟と聞こえる、アサリ売りの声が聞こえてきて励まされた。

――誰かが突き落として、崖に突き出ている石に頭を打ちつけたかもしれないと青木様は言っていたけれど。虱潰しに探せば絶対何かあるはず――

青木は仁兵衛の死の因は後頭部の傷だと話していた。殺しだとしたらその命は一撃で奪われたことになる。

――とにかく重さのあるものよね。とはいえ、ここまで運んでこれないものでは駄目。花瓶、壺なんか？　けれど、石という恰好のものが崖の斜面だけではなく、上にも転がっているのに、あえてそんな大変な手間をかける？――
花恵は崖上にあった大ぶりの石の幾つかを思い出していた。
ちらと下手人が仁兵衛の命を奪った、血の付いた石を持ち帰ったのではないか、
その後、川か海に捨ててしまったのではないかという思いに囚われたが、
――人殺しができるほど重い石を持ち帰れやしない、そう信じて探すしかない
――
花恵の早足は駆け足になった。
――「よしとけ」っていう仏頂面のおとっつぁんに、子どもの頃から、無理やり
手伝いをさせてもらって、足腰を使って鍛えてたのが、まさかこんな時、役に立つ
とは思わなかった――
すでに空が完全に明るくなっている。
崖上には幾つもの石が転がっている。それらの中で、大きめの石を見つけていく。
――下手人はかなりの重さを持ち上げて、仁兵衛さんの頭めがけて構えることが
できるはずだから、たぶん男――
花恵はひとつひとつ必死に裏返しては血痕のあるなしを調べていった。

——ないわ、血の痕なんてどこにも——

最後の頼みの一石への試みを終えたところで、がっかりした花恵は思わずその場にへたり込みそうになった。

——駄目、駄目、こんなことでは。仁兵衛さんは崖下で死んでいたのだから、石で強打されて殺されたのは崖下でのことかもしれない。青木様によれば仁兵衛さんは崖下りに慣れていたって言うから、だとすれば、そんな仁兵衛さんを殺そうと待ち受けていた下手人だって、崖下りはお手のものだったのでは？——

花恵は崖の縁に立って下を眺めた。

——仁兵衛さん同様、慣れていると言っていた青木様はそこそこの斜面だとここを見做していたけど、かなり急だわ——

一瞬怖気（おぞけ）に襲われる。

——でも、わたしは子どもの頃、おとっつぁんに内緒で、松の木に上って菰巻（こもまき）の真似をしてみたりしてた。あれくらい今だってできる。高いとこに上るのなんて怖くも何ともない。だけど——

一度木に登ったら決して下は見るなというのが、植木職の間での戒め言葉になっている。

――ここを下りきるには下を見るしかないのだけれど――

斜面にはさまざまな草木草花が生えていて、何より突き出ている石がある。

――思い出した――

花恵は覚悟を決めて、崖に向かって後ろ向きに立って目を閉じてみた。

――もう、何年も前に亡くなってしまったけれど、植茂(うちも)で目の不自由な植木職のお爺さんが働いてた。松の木の世話の達人で、蕊巻する前の剪定も達者にこなしていた。どうしてそんなに巧みなのかと訊くと、「さあ――強いて言うのなら目が見えねえことですかね。みんなには、するする登って、手早く片付けてるなんて言われてますけど、一度登った木のことは全部、頭に叩き込んでるんですよ。それとね、神社の仕事なんかは階段が多いんですけど、あっしは後ろを向いて下りるんでさ。登るのはへっちゃらでも、下りるんだと思うと、たとえ目が見えなくても怖くてね、そんなこんなで何とかやってます」と応えて、にやりと笑ってた。あれだわ――

目を開いた花恵は崖上から斜面を見下ろしながら崖の端から端まで歩いた。

――土の多いなだらかな場所が下りやすいとは限らない。土の下に尖った石が隠れているかもしれないから。草木草花が生えすぎて土が見えない所も駄目。その下の土が柔らかすぎて滑るかもしれないし、それに、丸い石だって用心しなければ滑りやすい――

こうして花恵は下りる場所を決めた。草木草花がそれほど茂っていなくて、石は尖っているものも丸いものも、全て、その数まで数えられる所であった。ぱっと見には石ばかりごろごろと多いように見えた。

――ようは不揃いな石の階段を後ろ向きで、あのお爺さんになって下りるのよ。これから頼るのは自分の身体に染みついている勘だけ――、あのお爺さんの後ろ向きでの見事な石段下りを思い出そう――

花恵は後ろ向きのまま、そろそろと下りはじめた。不思議に怖さはなく、閉じた瞼の中には、

――嬢ちゃん、大きくなりましたね。あっしのことを思い出してくれましたか？うれしいですね――

――まあまあ、花恵、なんってお転婆なの？　おとっつぁんに見つからないよう、朝餉までには、ちゃんと手の指の間の松脂(まつやに)は洗い落としておくんですよ、わかっ

た？——

盲目の達人植木職の皺深かった笑顔と亡き母の微笑みつつの困惑顔だけが見えている。二人からの励ましはまだ続く。

——そうそう、その調子、いいですね。あの時言いそびれましたけど、後ろを向いての石段下りは用心の上に用心を重ねてるんですよ。神社の石段は高いですから、落ちたらみっともなくも間違いなくお陀仏です。これでも、死ぬのは畳の上って決めてるんでさ。ええ、そうです。目が見えなくてもここまでやってこれた植木職の意地ってもんですよ——

——花恵、ここだけの話だけど、そのうち松の木の世話をあんたにさせてもいいって、おとっつぁんが寝言で言ってましたよ。やっぱり知ってたのねえ。おとっつぁんの寝顔、うれしそうでしたよ、とっても。けれどこれ、内緒よ、内緒、あ、それから最後の一石に気をつけて、気持ちを集中して——

そう亡き母が注意した矢先、最後の一石を花恵は踏み外して、すてんと尻餅をついていた。

「ああっ、痛っ」

——最後の一石を踏み外しただけなのに、これだけ応えるのだから、崖上から落ちれば命がなくて当然ね——

花恵は着ているものに付いた土を払い終えると、

「さて、ここにもあるわね、石」

崖上とは比べようもなく、ごろごろと多いように見える石の確かめに取り掛かろうとすると、

「はははははは」

奇妙に陽気な嘲笑が聞こえてきた。

「誰っ？」

思わず身構えると、

「まあ、まあ——」

三間半（約六・三メートル）ほど先にある大きな岩の陰から人影が飛び出して、こちらへ向かって歩いてきた。走るのとも飛ぶのとも異なる、ふわりふわりと何とも優雅な歩みではあったが、今、その姿が見えたと思いきや、ほどなく目の前に立っていた。

すらりと背が高く、首が程よく長く、冷たく感じさせるほど顔だちの整った三十絡みの男が、小袖と揃いの白地の羽織を着こなしている。その裾模様は姿のいいことで知られている鶴が銀糸で縫い取られていて、そのせいで、鶴が男に化身したかのような印象を受けた。

「あなたの探しているのはこれではないかな？」

相手は花恵が両手でやっと抱えることのできるような、そこそこ大きく平たい石を、いとも無造作に片手で持ち上げている。

「しかも、これあるゆえに」

くるりと石の裏を返して血の痕を見せつけた。

――きっと、それで仁兵衛さんは頭を殴られたのだわ――

その石、わたしにくださいと叫び、すぐにもその石に飛びつきたい花恵ではあったが、

――どうして、あんな大きい石を片手で持っていられるの？　これはもしかして、世に言われている忍術とやらではないかしら？　だとすると――

ここは用心深く対峙しなければならないと花恵は無言を続けた。

「わたくしは静原夢幻と申す者、どうか、以後見知りおきを」

静原夢幻は意外に丁寧な物言いをして頭を垂れた。

――えっ？　あの静原夢幻先生？　この男が？――

花恵は血痕の付いた石を見せられた時と同じくらい、目の前の人物の正体に驚愕した。市井にて活け花を教えている静原夢幻は、今、この市中で最も人気が高い活け花の師匠であった。

5

――たしか、静原夢幻は古式ゆかしい静原流の家元の血を引きながら、庶子ということで跡を継げず、市井での教授しか許されていないんだって、こういうことに詳しいおとよちゃんが教えてくれたっけ。でも御当人を見たことなんてないし――

「本当に静原夢幻先生なのですか？」

花恵は率直に訊いた。

「ほう、お疑いですか？」

夢幻がふっと笑った。今まで涼やかに澄んでいた川面に、日の光が暖かく降り注いだかのようだった。鋭い切れ長の目が優しく和んでいる。

「いきなりこんな所でお会いしたのですから。それにここでわたしを待ち伏せておいでだったようにも――」

「あなたは体裁を取り繕ったり、嘘をついたりできない娘さんですね」

夢幻の目はさらに細められた。

「あなたを待ち伏せしていました。お察しの通りです」

「何のために？」

「あなたは今、喉から手が出るほどこの石が欲しいはず。そのために結構険しいこの崖を下りたのでしょう？　事と次第によっては、あなたの潔白のために奉行所に届けてもいいと思っています」

夢幻は斜面を見上げた。

「どうして、わたしがそれを欲しがっているとわかるのですか？」

花恵はますます警戒した。

「このところ、あなたを尾行(つけ)ていたからです」

さらりと相手は言ってのけた。

――尾行られていたなんて、何の気配も感じなかった――

花恵は少々気味が悪く、恐ろしくなった。

「玉の輿が破談になって死のうとまで思い詰め、立ち直って花仙を開き、商いが上手く行きかけたところで、またしても犯してもいない罪で打ち首になりかねない、これは染井の実家の存亡にも関わる。次々に不運に見舞われるあなたの来し方がとても興味深かったからです」

その整った顔に何の表情も浮かべず、物言いにも抑揚がなかった。しかし、「興味深かった」という言葉に花恵は引っかかった。

「そんな面白半分、許せない」

不遜ともいえる態度に花恵が歯嚙みすると、

「如何にも。但し、わたくしは世間並みのただの面白半分とは違います。あなたのために井藤屋仁兵衛殺しの下手人より先にこれを見つけたのですから」

夢幻は手にしている石を掲げて見せた。

「でも、奉行所に届けるかは事と次第によるのでしょう？」

花恵は眦を上げてじっと相手を見据えた。

——眩しいほどの見かけや優しい目に惑わされてはいけない——

「あなたが、わたくしのところへ、わたくしのためだけに花を届けてくれると約束してくれるのなら、この石は奉行所に届けます。こんな重い石、女子（おなご）のあなたが持って、ましてや、殴れるはずもない」

その言葉に花恵は一瞬、茫然自失に陥った。

いつだったか、晃吉が花恵の好調な商いを褒めながら、

「これであの静原夢幻あたりが贔屓になってくれれば、言うことなしですね。今や夢幻に見込まれて稽古で使う花を納めるのが市中の植木屋たちの夢なんですから。夢幻人気へのあやかりですよ。そうなれば夢幻の弟子たちだけではなく、花好き、夢幻好きの女たちが老いも若きもこぞって、夢幻御用達の植木屋へ押しかけてきてくれますから。そうなりゃあ、お嬢さんの花仙はもとより、染井まで大賑わい、商売繁盛ですよ。あ、いけねえ、この話、親方には黙っててくださいよ。金勘定より草木草花のことを考えろって叱られちまいますから」

と言っていたのを思い出した。

――あの晃吉らしく、甘い算段だったけれど――

「花を納めさせていただくといっても、静原先生なら沢山のお弟子さんがおられるでしょうから、わたしのところで咲かせている花ではとても数が足りません。前から贔屓にしてくださっている、他のお客様の分をそちらへ回すこともできません。染井の父のところに頼みたくても、父はお庭等の出職が多く、秋の菊はやってますけど、他の花はそう沢山作ってはおりませんし、所詮、無理なお話です」

馬鹿正直な受け答えではあったが、花恵は平静を取り戻していた。ただし、相手の申し出を受けずに、身の潔白の証となる石を得るには、どうしたらいいかの策はまだ浮かんでいない。すると、夢幻は、

「誤解です。あなたに届けてほしい花はわたくしが活ける分だけでよろしいのです。そして、これは誰にも知られぬ、わたくしたちだけの楽しい秘密です」

また目を細めた。

――わたしたちだけの秘密って？――

「そんなまさか――」

思わず口にしてしまうと、

「いつだったか、弟子の一人が噂しているのを耳にして、あなたのところの草木や花を買いにやらせたことがありました。草木や花は元は野にあるもの。あるべき野の姿を損なわせず、手塩にかけているあなたの花に魅入られました。あなたの来し方を知ったのはその後のことです。わたくしの目的はあなたの花だけです」

――花だけ――

知らずと花恵は赤面しつつも、気持ちはすでに固まっていた。

「わかりました。十日に一度ぐらいでしたら何とかお届けできると思います」

相手が手にしている証の石を見つめた。

「下手人ですが、味噌問屋の若旦那井藤屋仁兵衛と親しく、ここをわりにたやすく上り下りできる者となると、なかなかいないと思いますよ。まずは見つかりますまい」

夢幻は笑みを浮かべながら告げた。

「そうなると、下手人は捕まらず、仁兵衛さんは誤って落ちて死んだということにされるのですね」

「悔しいですか？」

「それはもう――」

――おとよちゃんはわたしなんかよりもっともっと悔しい、悲しいに違いない――

「これで落着となれば、あなたにはもう禍が降りかかりません。それでいいではありませんか？」

「ええ、でも――」

「真実が明かされず、手に掛けた者が裁かれないのはよくないとお考えでしょうか？」

「ええ、その通りです」

花恵は強く頷いた。

「お白州でとは限りませんがそのうち、下手人は必ず裁かれます」

夢幻の自信たっぷりの言葉に、花恵は言いようもない安心感に包まれた。

「どうか、花をよろしく。わたくしが愛でるだけですので、切り花に限りません。今、人気の鉢物の桜草はあなたの疑いが晴れたらすぐに届けてください」

そう言い置いて、静原夢幻は花恵に背を向けた。

6

「花恵さん、花恵さん」

三日ほど過ぎて、青木が息を切らして花仙を訪ねてきた。

「朗報です」

白い歯並みを見せて、青木はにっこりと笑った。

「仁兵衛さんが亡くなった崖の近くで、血のついた石が見つかったんです」

花恵は夢幻が奉行所にちゃんと届けてくれたのだとほっとした。

「花恵さん、安心してください。これで、もうあなたは下手人としては疑われないですよ。あの石は男のわたしくらいでなければ振り下ろすのが大変なくらい大きくて。相当の腕力を持った者でないと、持ち上げられません」

「そうですか。誰かその石を見つけてくださったんですね」

「静原夢幻先生のところの奉公人です。夢幻先生が、仁兵衛さんに花を手向けに行った際見つけられたそうです」

花恵はようやく、ここ数日の憂いから解き放たれた気がした。

「わたしも父もすごく苦しみました。おとよちゃんだって、仁兵衛さんを亡くしてからひどく元気がありません。どうか、はやく下手人を捕まえてください」

「花恵さん、わたしは少しでもあなたを疑ったこと悔いています」

青木は花恵に心から詫びた。

「どうしたら許してもらえるのか――」

青木の清々しい目が潤みかけて、膝がゆっくりと崩れていく。どこか子犬のような目をする青木に、花恵はお貞が青木を慕う気持ちが少しわかるような気がした。

――ああ、駄目、こういうの、わたし、弱いんだわ――

花恵は幼い頃、捨てられていた子犬にまといつかれて、抱き上げ、家に連れて帰ると、「犬猫は草木を荒らすんで植木屋には不要だ」と父に叱られたことを思い出した。

「まあ、およしになってください」

花恵は土下座せんばかりの青木を優しい声で止めると、

「真の下手人探しを、どうかよろしくお願いします」

深々と頭を下げた。いつしか、自分を真っ先に疑った青木への怒りは消えていた。

「いつも言おう言おうとして、言いそびれていたのですが、何か、手伝う庭仕事はありませんか？　今回はせめてもの罪ほろぼしとして——」

と、その時、

「花恵さん、いるかい？」

「もう三鉢ばかり桜草の鉢はねえかな」

「べらぼうめ、もう売り切れに決まってるだろ」

若い男たちの賑やかな声が聞こえてきて、

「はーい、只今」

花恵はやっと子犬の目から解放された。

それから何日か過ぎて、夢幻から青磁の壺と届け先の記された文が届けられた。

初めて会った時の鋭い切れ長の目が一瞬浮かんだ。

——ああ、いけない。約束を守らないといけないわ——

花恵はすぐに桜草の鉢を抱えて、大伝馬町にある夢幻の家へと向かった。桜が満開であかね色の雲の中に屋敷がそっと包まれているかのように見えた。

　門の前で訪いを告げると、

「旦那様が茶室でお待ちいただくようにとのことです。ご案内いたしましょう」

　下僕と思われる半白の髷の老爺が満面の笑みで迎えてくれた。緊張した面持ちで桜草の鉢を手渡すと、

「可憐な清々しさの中に強さがみなぎっておりますな。なるほど、旦那様が好まれるはずです」

　と洩らした。

　――何だか、このお爺さん、目が不自由でも植木職をこなしてたあのお爺さんに似てる。でも、同じ人であるわけないし――

　盲目の植木職はあの時すでに相当の年齢だったのだから、おそらく、すでに鬼籍に入っていることだろう。

「この彦平、あなた様にお菓子とお茶をさしあげるようにと旦那様から言い付かっております」

　――彦平さん？　あのお爺さんもそんな名だったような気がする――

目の前の彦平はまずは菓子を花恵の前に置いた。茶菓子だというのに菓子楊枝が添えられていない。菓子は親指の爪ほどの大きさで褐色に丸まっている。

「どうぞ、指で摘まんでお召し上がりください」

言われた通りに摘まんで齧(かじ)った。

「まあ、変わったお菓子っ」

花恵は、意外な味に思わず叫んだ。

病で伏している時、煎じて飲まされる薬に似ている味ながら、特有の苦みはほとんどなく、甘さが薬臭さと絶妙に溶け合っている。

「これにはこのような茶が合います」

彦平は柄杓(ひしゃく)で煮えたぎっている茶釜の湯を汲むと、用意していた赤茶けた葉の入った急須に注ぎ、しばらく時を置いて茶の湯用の茶碗に移すと、最後に何やら白いものを少々加えた。

「牛の乳を加えました。ご一緒にお試しください」

花恵は言われた通りに今まで口にしたことのない菓子を齧りつつ、

「素晴らしいお味。山野や河原を歩いていて、ひょいと見たことのない綺麗な花に出会ったような心地よい気分です」

つい本音を洩らした。

さらに白褐色の茶を啜り、

「おっしゃる通り、香り高くまろやかなお茶と相性がいいですね。薬とは一味違う、独特の風味。このお菓子、どのようにして作るのですか？」

訊かずにはいられなかった。

「乾かした梅干し、肉桂、麦芽、松の甘皮、生姜、薄荷を当たり鉢で砕いて粉にして、煎じておきます。鍋に氷砂糖と少量の柿酒を入れて氷砂糖を溶かします。これと煎じたものを合わせて、焦げ付かないようゆっくりと弱火で煮詰めます。粘り気が出るまで煮詰めて充分に冷まし、大きな丸薬のように丸めて乾かして出来上がりです。コツは如何に焦がさずに粘りが出るまで煮詰めるか、ようは水の飛ばし方です」

「彦平さんが作っているのですか？」

「この菓子は旦那様と二人で作っています。わたしの作り方は故郷（くに）に古くから伝わっているもので、乾かした梅干し、肉桂、麦芽、松の甘皮、生姜、薄荷を粉にせず、粒を残して砕きますが、滑らかな舌触りがお好きな旦那様はこれらを薬研で完全な粉にして作っておられます。これはわたしの作った素朴な方です」

――どうせなら、夢幻先生の作られた方を食べたかったわ。舌を通じて頭の中に見える花は、さっき、この風変わりなお菓子をいただいて見えたものより、もっともっと綺麗なような気がするもの――

花恵は知らずと夢幻が茶室に入ってくるのを心待ちにしていた。

――あら、いけないいっ、どうかしてる、わたし――

思わず頰を赤らめると、

「おいでになったようですので、わたしはこれで」

彦平は茶室から下がっていった。

花恵はすぐに夢幻が入ってくるものと思っていたが、百まで数えてやっと現れた。

「逸品の桜草をありがとうございました」

この日の夢幻は桜色の小袖に羽織を合わせ、濃い桃色の袴を穿いている。羽織と小袖、袴には満開の桜の木の縫い取りがされていて、

――まるでお花見をしているみたい――

花恵は思わず見惚れたが、

「これからわたくしはちょっと——。いずれゆっくりお話しすることもあるでしょう」

夢幻は茶室に入ることもなく、急いだ様子で立ち去った。

——せっかく来たのに——

助けてもらったお礼も言えず、ふと切ない気持ちになった花恵は、

——今日、お届けするとも伝えず、いきなりここへ来たんだもの、仕方がないわ——

自分を納得させようとしたものの、

——でも、茶菓が用意されていたし、高価そうな青磁の壺まで贈ってくれたのはなぜ？——

やはり夢幻の真意を測りかねていた。

花恵は茶室を出て門へと向かった。その際、花恵の前を風のような素早さで、先程の桜色とは違う地味だが趣き深い大島紬を着流した夢幻が横切った。もちろん、花恵には気がついていない。夢幻が向かっている先は裏手にある土蔵であった。

——何？　あんなに急いでどこに行くのかしら？　そうだ、何をしに行くのか、知りたい——

花恵は後を尾行た。

——夢幻先生だって、わたしのことをあれこれ調べていたのだもの、わたしが先生について知ってもいいはず——

他人を尾行たことなどない花恵は自分に言い聞かせた。

土蔵の手前で咄嗟に躑躅の茂みに身を隠した。彦平が野良着姿の老婆を伴ってこちらへ歩いてきたからである。すでに土蔵の鍵は開けられていて、夢幻はすたすたと土蔵へと入っていく。彦平は土蔵の前で相手に頭を垂れて、老婆が入っていくのを見送った。

——わたし、まるで盗人みたい。おとっつぁんが知ったら情けながるわね、きっと。縁を切られてしまうかも。亡くなったおっかさんにだってあの世で叱られるだろうけど——

わかってはいたが好奇心には勝てず、花恵は土蔵の薄暗がりの中を壁に沿ってゆっくり進んだ。

奥からは話し声がしているが、小さく、はっきりとは聞き取れない。

聞きたい、見たいの切迫した好奇心に釣られて花恵は思い切って、一番奥にある柱へ走った。ここからは話し声のする場所が見渡せるはずなのだが人気はなかった。

――どうして、こんな所で？――

じっと目を凝らして辺りを見廻すと話す声は左手の後ろから聞こえている。そこに階下へと続く階段があった。

――土蔵に階段があるなんて――

何か秘密がありそうだと思いつつ、花恵はその階段の途中まで下りていった。そこからだと話し声がはっきりと聞こえる。

「お味はいかがです？」

夢幻が労るように訊いている。

「有難え、有難えですよ、こんな有難えもん、生まれて初めて食わしてもらいました。すべすべした薬饅頭だわ、こりゃあ」

老婆は感歎の声をあげていた。

――ここでもさっきのお菓子が振る舞われているのね。すべすべしているというからには、彦平さんのではなく、夢幻先生手ずからのものね——

「そろそろ、話してくれますか？」

夢幻に乞われて、

「けんど、どうせおらの話なんて、誰も信じてはくれねえと思ってましただ」

老婆の声は湿った。

「世の中には信じられないほどの数の悪と悪党がいます。どうか事の次第を話してください。力になります」

夢幻の物言いは優しかったが、その声には凜とした響きがあった。

「お江戸には恨み晴らしの神様がいて、酷(ひで)え目に遭っている気の毒なもんの気持ちを汲んでくれるんだって、村まで種苗を仕入れに来た人が教えてくれてたんだけど、信じちゃいなかった。そんないい神さんいるわけねえから。そんな時、江戸一の味噌問屋に奉公に出てた孫娘のお加代(かよ)が、病で死んだっていう報せが届いた。びっくりしてすぐ駆けつけたさ。そしたらもう土の中だった。それもさ、投げ込み寺と言われてる、えーと三ノ輪とかいうところにある浄——」

「三ノ輪の浄閑寺」

「投げ込み寺っていうのは死んだ女郎のための寺だろう？　お加代は女郎なんかじゃねえ。真面目に一生懸命、大店に奉公してたはずなのに——」

そこで老婆は号泣した。

「死んだ娘がおらに残してくれた、たった、一人、一人の孫をよぉ」

「江戸一の味噌問屋というのは井藤屋のことですね」

夢幻が老婆に聞いたそばから、花恵は、すぐにおとよのことが気にかかった。

「んだ。そりゃあ、お加代は奉公人で旦那様方とは身分は違うけんど、そんなとこに埋められる筋合いはねえ。おらに報せてきたんなら、おらが来るまで弔いを待ってくれてもいいんじゃないか。病で死んだって聞かされて、おら、井藤屋に引き取りに行ったのさ。けど向こうじゃ、病だって報せたのは方便で、身内だったら知らねえ方がいいことだって言うんだ。実は、お加代は盗みを働いたって言いなさるじゃや。それでお役人に捕まって首刎ねられたんだと。とてもおらには信じられなかった。前垂れを形見だって言って渡してくれたけど、どうしてもそのまま村へ帰る気にはなれなかった。その前垂れを抱きしめたまま、市中を当てもなく歩いてたら、ずいぶん姿形は変わってたけど、恨み晴らしの話をしてくれた行商の人とばったり出会った。そしたら、そのお貞さんがここへ、はあ」

　ここまで一気に話した老婆は疲れたのか、大きなため息をついた。

　――お貞さん？――

　花恵はあっと声をあげそうになるほど驚いた。

「親切な人だよ、こんなおらにお貞さんは」

「そうですね」

　――まさか、夢幻先生はお貞さんを知ってるの？――

「でも、駄目だよっ」

　急に老婆は叫んだ。

「どこで訊いても、井藤屋はお大尽で慈悲深い人で通ってる。井藤屋を悪く言うもんはこの江戸にはいねえ。あんただって、本心じゃ、おらの言ったことを信じてくれてねえだろ？」

「悪党は悪党面をしているとは限らないと思っています。今、井藤屋を探っているところですので、今しばらく、後で彦平がご案内する向島にて、お待ちになってください」

「本当かい？」

「本当です。もう少し薬饅頭を召し上がってはどうですか？　牛の乳入りのエゲレス茶も淹れるよう申しましょう」

夢幻が手を叩くと、障子を開ける音がして、

「旦那様、ご用でございますか？」

彦平の声が聞こえた。

――あれっ、彦平さんはお婆さんを土蔵の前で見送ったはず。わかった、ここの土蔵には他にも出入り口があって、中には茶菓を用意したりする場所があるのだわ――

「この方にお代わりの菓子と茶を頼む。後はよろしく」

夢幻の告げる声を聞いた花恵は慌てて、階段を上って土蔵の外に出た。

再び躑躅の茂みに隠れて、しばらく、夢幻が出てくるのを待ったが、その姿を見ることはなかった。

第三話　雛飾りの縁

1

辺りに誰もいないのを確かめて茂みを離れた花恵は土蔵の裏へ廻ってみた。土蔵の漆喰の壁の左端だけに常緑の低木が植えられている。近づくとよく茂っている樒だとわかった。樒は線香、供花の代わりに墓のそばにも植えられることが多い。今時は目立たない、うっすらとした黄色の花をつけている。白いその実は猛毒であった。誤って食すると五臓六腑の不調により死に至ることも多かった。

――こんな所にどうして樒が？――

到底、桜草を好む夢幻の好みとは思えなかった。それでもその樒にじっと目を凝らしていると、葉と葉の間に漆喰ではない、ぽっかりとした穴のようなものが見えた。

——後ろに何かある——

樒の葉を掻き分けてみた。

すると、幅半間（約九十センチ）ほどの石段があった。

——これが土蔵とは別の、地下への入り口なんだ——

石段を下りきると先ほどの老婆と彦平の声が聞こえた。

「さっき、神さんが出てく時、お孫さんの形見の前垂れを供養する、いいやり方があるって言っておいでだったけど、何なんじゃろな？」

まだ、あの菓子を食べているのだろう、老婆の言葉はもごもごしている。

「神様のなさることに間違いはありませんよ」

彦平が老婆にかける声は温かい。

「あん人が神さんかい？　それとも神さんのお使いの人なんかい？」

「まあ、そんなところでしょう。さあ、そろそろ向島へ行きましょう」

そこで話が途切れた。

――夢幻先生はわたしが躑躅の茂みに隠れている間に裏から外へ出たんだ――

花恵は石段を上って樒の茂みの前へと戻った。樒の上に小さな螺鈿を施した箱が載っている。思わず手にとって中を開くと何とも芳しい香りがする。一緒に入っている折り畳んだ虹色の紙を開くと、「この春の香りは春の活け花と同様に美しい」とあった。

――こうして少しだけ楽しませていただこう――

香りだけで、まるで花恵の眼の前に夢幻の活けた花が現れたように思えた。

花恵が夢幻を訪ねてから何日かが過ぎて、お貞がやってきた。すでに茄子や胡瓜等の青物の種蒔きは終えていて、芽生えの様子を見に来たのである。

――あのお婆さんだけではなく、夢幻先生もお貞さんの名を口にしていた。どう考えてもこのお貞さんなんだけれど――

花恵は一緒に茶を啜っているお貞の顔をついつい凝視してしまう。茶は新茶でお貞が持参してきたものであった。

「在所から届いたものなの。新茶は香りが抜けやすいからお裾分け」

花恵の視線に気づかず、お貞はそう言ったが、

「お貞さんのお故郷（くに）はどこだっけ？」

さりげなく訊いてみた。お貞は常に故郷とか、在所とかいう言い方をするので、どこなのかまではまだ聞いていなかった。

「駿河よ」

茶畑は温暖で水はけのいい場所が選ばれる。駿河は茶の名産地として知られていた。

「お茶っていいお金になるんだけど、干鰯（ほしか）や油粕の肥料も要るでしょ。だから送ってきてもらうのは気が引けるんだけど、おっかさんが『あたしが生きてるうちは』って言ってくれてるのよ」

――辻褄は合ってるけど――

牛の乳入りの茶色の変わった茶を好んでいる様子の夢幻なら、さまざまな種類の茶に通じていて、駿河の新茶もその一つのような気がした。

――お貞さんにこの茶を届けたのは夢幻先生だったのでは？――

「あたしの顔、何か付いてる？」

花恵はお貞の顔を穴の開くほど見つめ続けていた。

「ううん」

慌てて首を横に振った花恵は、

「お貞さんの蒔いた種、あと少しで間引きして苗にして売るでしょ。そうなるとここで花は咲かせられないなって思ったのよ」

話を変えた。

「青物の花って結構愛らしいのよ。茄子は紫、胡瓜は黄色の結構可愛い花が咲くのよ。紫蘇は濃桃色で。花恵さんに見てもらえないのは残念だから、一苗、二苗、ここに残しとくわよ」

「ありがとう」

礼を言った花恵は、夢幻の不思議に心惹かれる微笑みが頭に浮かんで、あの地下へと続く石段を隠すかのように植えられていた樒の花を思い出していた。

——あの花が毒の実になるのね——

思わず身震いが出た。花恵の頭の中で八角形の実が毒蜘蛛の八本の足になった。

——これが夢幻先生の正体でなければいいけど——

「そろそろ、お暇するわね」

お貞は花恵が切って束にした山吹の花を抱いて立ち上がり、花仙を出て行った。

――どうしても気にかかる――

花恵はそっとお貞の後を尾行た。夢幻とお貞がなぜ知り合いなのか、そして、お貞がなぜ花恵の前で夢幻の話題を出さないのか突きとめたかったからである。

――おや、家に帰るのではないわ――

お貞の足は西に向かい、楓川に沿って北に進んで行き、海賊橋、続いて日本橋川に架けられた江戸橋を渡った。

――やっぱり――

夢幻の家のある大伝馬町を目指している。花恵は気づかれまいと間を置いて尾行て行く。夢幻の家へと行き着く辻に差し掛かった時、初めてお貞は後ろを振り返り、左右を確かめた。

そして花恵が思っていた通り、弟子たちがひしめきながら出て行く表門の前は素通りして、裏手へ廻ると裏木戸を開けて入った。花恵の方は一呼吸置いて裏木戸を潜り抜ける。樒の茂みを掻き分けて、石段を下りるお貞の後ろ姿が見えた。

花恵はお貞から、しばし時を置いて石段を下りた。暗い廊下に佇むと話し声が聞こえた。

「井藤屋に奉公していたお加代のことで何かわかったか？」

　夢幻の声であった。

「はい、お大尽の形をし、あれこれと理由をつけて通いました。そのうち、お加代ぐらいの年頃の娘と話すようになりました。当初は警戒していたようですが、一度口が緩むとあとは難なく、偶然を装って使いの帰りに汁粉屋に誘い、話を聞きました。お加代は折檻されて死んだんだそうです。何でも使っていない古い味噌蔵に閉じ込めて、日々味噌だけしか食べさせず、だんだんと弱り、仕舞いには小水が出なくなって死んだのだと。たしかに塩気の強い味噌だけ食べていたのでは命に関わります」

　お貞の野太い声に怒りが込められていた。

「折檻したのは誰だ？」

「それが何と井藤屋のお内儀おぬいだそうです」

「へえ、世間では観音様と言われているあのお内儀がね――」

夢幻は淡々と相づちを打った。おとよが話していたように、おぬいは世間では知られていない一面を持っているのだと、花恵は恐ろしくなった。

「お加代にばかり辛く当たり、とうとう殺してしまったのは、お加代が嫁のおとよ付きだったからのようです。お加代はおとよに忠実に仕えていたとのことでした」

「おぬいとおとよ、折り合いが悪かったのか？」

「お内儀が一方的に嫁のおとよを嫌っていたと言っていました」

「世間では人も羨む仲のいい嫁姑と言われているぞ」

「どっこいそれが違うんです。物事は見た目や噂では、はかりしれないものがあるんですねえ。井藤屋のお内儀は倅仁兵衛の意に適うよう、一点の曇りもない嫁探しを熱心に続けていて、それゆえ、悪い噂の立った染井の花恵さんとの話は破談にしたんです」

「おぬいは活け花を習いに来ていたこともあったが、なんとも荒々しく、わびしい花であった」

——まあ、お貞さんはまだ話していなかったわたしのことを知っているんだ——

花恵は冷や汗が流れ、物音を立ててしまった。すると、目の前に誰かが立ちはだ

かったと思いきや、

「いらっしゃい、花恵さん」

お貞が常と変わらぬ笑顔を花恵に向けた。

「よくおいでくださいました」

夢幻も柱の向こうで微笑んでいる。

「こうなると思ってましたけどね」

お貞の自信に満ちた言葉に、

「こうなるって？」

花恵は面食らった。

「必ずここにおいでくださるということです」

夢幻は目を細めて、

「いかがです？　わたくしの郷里の銘菓兵糧丸(ひょうろうがん)でも召し上がりませんか？　この間は彦平の作った昔ながらの味でしたでしょう？　今日のはわたくしが作った、ちょっと小粋な江戸に馴染んだ味です」

黒褐色の菓子盆の方を見た。

「さあさ、こっちに来て」

お貞に促された花恵は夢幻と向かい合って座る羽目になった。

「夢幻先生のは粒が一つも残らないよう、丹念に生地を潰して丸めてるんで、たしかに洗練されてるのよね。どっちかといえば新茶にぴったり」

お貞は花恵に兵糧丸を勧めて清々しい新茶を淹れてくれた。花恵は彦平のものより、はるかにあっさりしていて木目（きめ）の細かい夢幻の兵糧丸を、勝手に手と口が動いて立て続けに二個食べた。

お貞は、花恵が少し落ち着いたのを見て、先を続けた。

「井藤屋はおとよの母親の面倒を見ていますし、おぬい観音とまで言われている、姑に見初められたおとよは幸せ者だと巷では言われています。けれどもおとよは嫁して後、実は地獄にいるも同然だったのです」

「おぬいさんはおとよちゃんにいったい何をしたの？」

花恵は思わずお貞に迫った。

「おとよは仁兵衛と祝言を挙げてすぐ身籠ったんだそうです。おぬいはこの時お加代に、おとよの下駄の鼻緒に切り込みを入れるよう命じていて、不運にもおとよは転んで最初の子は流れました。事情を察した庄左衛門がおとよの母親のために春木町に家を借りました。親孝行を兼ねていて人も羨む、うわべだけの玉の輿の正体です。女房の本当の顔を知っていた庄左衛門は、井藤屋の跡継ぎを望んでいたこともあり、おとよの身を案じたのです。借りた家が井藤屋にしては所といい、家の大きさといい今一つなのは、店賃が高くては、おぬいの嫉妬の火がさらに燃え盛るのではないかと懸念した配慮でしょう」

――だからあの家は――

花恵は訪れた家の意外な狭さとじめついた黴の臭い、薄暗さを思い出していた。

「おぬいが嫉妬したのは仁兵衛を溺愛していたゆえか？」

夢幻は眦を決した。

「その通りです。一人息子で跡継ぎの仁兵衛を自分で見立てた娘と夫婦にしたものの、若夫婦が仲良くしているのが面白くなかったのですよ」

「次の跡継ぎのためには、嫁に子を産んでもらうしかないと頭ではわかっていても、気持ちがついていかなかったのだろうな」

「仁兵衛はあの通り、草木草花に恋しているといった様子なので、おぬいはすぐにおとよに子ができるとは思っていなかったのだと思います。それと仁兵衛は暢気で穏やかな性格でしたので、おぬいの前でもおとよにたいそう優しかったそうです」

――よかった、仁兵衛さんはおとよちゃんを愛おしく思っていたんだわ――

「話を聞く限り、おぬいが我が子と情を通じていたふしはないな」

夢幻は臆することなく言い切り、

――よく、そんなことを――

花恵はそんな物言いをする夢幻に嫌悪を覚えた。

「わたしもそのように思います。おぬいの方だけが勝手に熱くなってしまっていたのでしょう。けれども母親とて女、そんな風に息子に対して思い詰めることもあるかとは思います」

「なるほど、母として女としての想いを息子に寄せていたのだな。そうなると眼鏡に適った嫁でも憎くなるのだろうな」

「おぬいはお加代に命じて、庄左衛門が借りたおとよの母親の家の庭に、ニリンソウとセリを植えさせたそうです。ところが、実はこれらはニリンソウやセリと間違えやすい、猛毒のトリカブトとドクゼリだったんです。それらが育ってくるとおぬいはお加代にこれらの葉を摘んで、お浸しにして、おとよに食べさせるように命じたんだそうです」

「酷い。草木草花を使って、おとよちゃんの命を奪おうとするなんて絶対に許せない」

花恵は怒りのあまり、みるみるうちに顔が真っ赤になった。

「お加代は朝晩、守り袋に手を合わせ、仏間の掃除を完璧にこなす信心深い娘でした。ですから以前、自分が仕出かしてしまった罪の大きさに慄く日々でしたので、おぬいの言う通りにはせず、仁兵衛にこのことを伝えました。仁兵衛がトリカブトとドクゼリを全て引き抜いて花を植えると、すぐにお加代が洩らしたとわかったおぬいは、『これからおまえの役目は味噌試しですよ』と、その場に居合わせていた者たち全てが、ぞっとさせられるような笑顔を向けて言い、先ほど話した味噌責め、死の折檻をはじめたんだそうです。それから三月余り後、お加代はげっそりとやつれ果て、とても若い娘とは思い難い様子で死んだのです」

「優しい笑顔をいつも見せているものの、花を見ている時の目が笑ってないので本心からではないと思っていたが、そこまでとは」

夢幻がため息をつくと、

「恐ろしい女ですよ。観音様の面を被った般若ですよ」

お貞は大きく頷いた。花恵は、ますますおとよのことが心配になってきた。

「向島で待っている老婆のためにも、この恨みは晴らしてやらねばなるまい」

「仰せの通りに動きます」

お貞は心にしっかりと決めているようだった。

——恨みを晴らすってどういうこと？——

花恵は胸騒ぎをごまかすように、立て続けにもう二つ兵糧丸を食べた。

「わ、花恵さん、いい食べっぷり。やっぱりあったのね、ここへ呼ばれる素質が」

「そのようだな」

二人は笑顔で頷き合った。

「この兵糧丸はすごく美味しくて。中身は何ですか？」

素質ということも気になったが花恵が訝し気に首を傾げると、夢幻はぱんぱんと両手を打ち合わせて、控えていた彦平を呼んだ。

「ご用でございましょうか？」

彦平は夢幻に向けて深々と頭を垂れた。

「兵糧丸については、わたくしよりおまえの方がくわしい。花恵さんに話してやってほしい」

「わかりました。戦国の世の頃から、戦う侍たちに欠かせない、握り飯や干し米等よりもずっと日持ちのする丸薬状の食べ物でした。その後は忍者に欠かせないものとなり、さまざまな流派の忍者たちが各々、門外不出の兵糧丸を作ってきました」

するとお貞が、

「たしか、この兵糧丸の別名は伊賀丸を花飢丸（かがまる）と改めたものだったわよね。あたし、花飢丸って名の方が夢幻先生らしいと思う」

さきほど夢幻に話していた時とは別人のようないつもの調子で割り込んできた。

「伊賀丸というからには彦平さんや夢幻先生は伊賀がお故郷（くに）なのですか？」

花恵は崖下で見せた、夢幻の人力を超えた力や動きを思い出していた。

「ええ、まあ」

彦平は困った顔で夢幻の方を見たが、

「その通りですよ」

当人はあっさりと認めて、

「ただし、伊賀の里で忍者だったのは四代前までです。世間では抜けた忍者は見つけ出されて必ず始末されると言われていますが、実際はそれほど厳しくはありません。三代目からは江戸で火消しとして暮らしていました。本来わたくしはその末裔なのですから、火消しを務めるはずだったのですが、二代目の娘だったわたくしの母は柄にもなく活け花の稽古に通ううちに、静原流の家元に見初められて、わたくしを産んですぐに亡くなりました。わたくしは五歳まで母方の祖父母に育てられ、祖父母が立て続けに流行風邪で亡くなった十歳の時に、静原家に引き取られました。そこで活け花の稽古を積んで、今では師匠と呼ばれるまでになりました」

曰くのある生い立ちを淡々と朗らかな様子で語った。

「もしや、幼い頃は木登りがことのほか好きだったのでは？　それから駆競も――」

花恵は夢幻の立ち居振る舞いを見ていて、ふとそんな気がした。

「よくおわかりですね。やはり、あなたには人並みではない勘が備わっているように思います。木登り、駆競、なぜかどちらも大好きなのです。祖父も曽祖父も日に一度は、見上げるように高い樹に登らずにはいられず、祖父は病になった飛脚の代わりを急遽務めて、江戸と大坂を六日で往復したこともあるとのことでした。それで忍者の末裔であるわたくしも時折、父祖の血が騒ぐのでしょう」

夢幻は照れ臭そうに認めた。

「先生やお貞さんはわたしがここへ来ることをわかっていたとおっしゃいましたが、どうしてですか？」

花恵は意を決して訊いた。

「さあ、それは——」

お貞は夢幻の方をちらと見て、

「旦那様ならではの兵糧丸を召し上がっていただくためでは？」

彦平は辻褄を合わせ、

「まあ、そのうちわかりますよ。それまではとりあえず、お貞を手助けしてはくれませんか？　おとよさんのことが心配ですし、仁兵衛さん殺しの下手人に辿りつくかもしれません」

夢幻は花恵に穏やかに告げた。

2

その翌々日、客足が途切れたところで、花恵は裏庭の菫を眺めながら、おとよのことを考えずにはいられなかった。花恵があのまま井藤屋に嫁いでいたら、おとよのような目に遭っていただろうし、花恵がニオイスミレをおとよに渡したことが、仁兵衛の死に繋がったのではないだろうかと。夫を突然亡くしたおとよの悲しみを少しでも和らげるために、自分にできることは何かと交互に去来する思いに囚われていた。

「花恵さん、調子はどう?」

お貞が煉り切りを持って、花仙を訪ねてきた。

「お陰様で、桜草の鉢はほとんど売れてしまって、残りは――」

「違う、違う。仁兵衛さんのこと、花恵さんが疑われていたって、夢幻先生が教えてくれたのよ。なんで、黙ってたのよ。青木の旦那もどこに目がついてんだか。よりによって花恵さんが下手人だなんてね。煉り切り、また作ったから一緒に食べましょうよ」

「そうね、今、お茶を淹れるわ」

二人で煉り切りを食べ、しばらくお貞が語る青木の話に花恵は耳を傾けていた。

「ねえ、訊きたいことがあるんだけれど」

「何？」

「わたしが夢幻先生にお会いしたのは、仁兵衛さんが殺された崖の下だったけど、お貞さんは？」

どうしても訊かずにはいられなかった。

「あたしには癪の持病があるのよ」

癪とは胸や腹が急に差し込むように痛む病である。原因がわからない疼痛を伴う内臓疾患であった。

「これってところかまわずなもんだから、ある日、人通りのないところで突然それが起きたのよ。誰も全然通らないし、痛くて、とうとう気を失ったのね。気がついてみると夢幻先生がそばにいて、こんないい男、この世にはいないから、きっとここはあの世、もしかすると運よく極楽かもって思ったわよ。でも、仏様にしてはやっぱりいい男すぎるなあなんてね、とにかく不思議だった」

「夢幻先生はどんな手当をしてくれたの？」

「和方活法っていう、忍者の活法医術の一つで、兵糧丸同様戦国の世から受け継がれている古武術の表技なんですって」

「表技があるからには裏技もあるのよね？」

花恵は鋭く指摘した。

「忍者の技は大きく分けて、医術と武術。医術の活法が表の技なら、武術の殺法は裏の技なんだそうよ。夢幻先生がおっしゃるには、古くから続いている忍者の役目は、相手方の秘密を摑むことで、侍たちのように刀を振り回して戦うわけではないんだって。とはいえ、敵に襲われかけた時には相手を倒さなければならないし、倒れた仲間を治すには活法を用いなければならないでしょ。なんせ、終生正体を隠して役目を果たす忍者が、たとえ命に関わる酷い傷を受けたとしても、普通の医者に行くなんてあり得ないもの。それで夢幻先生はご先祖から忍者ならではの医術を受け継いできたというわけ。何もこれは特別なことではなくて、忍者たるもの、医武同源みたいな心得だそうよ」

「実際にはお貞さん、夢幻先生からどんな治療を受けたの？」

「簡単に言うと急所揉み。お腹の急所に拳を当ててぐるぐる揉むの。それからのつきあいよ、夢幻先生とは」

　お貞はそこで注意深く話を止めた。

「夢幻先生、骸医者もしていると聞いてるけど、それも忍者医術の一つなの？」

「確かめたことはないけどそうだと思う。忍者って、死んでも骸が家族に届くことってまずないんだって。だから、せめてどうやって死んだかを知りたい、報せたいっていう思いが骸検め(あらため)を生んだんじゃないかな？　夢幻先生は戦国から続く金瘡(きんそう)死検分や『無冤録述(むえんろくじゅつ)』にも通じていて、たいそうな力量なのよ」

　金瘡とは刀剣、矢じりなどの金属製武器による切り傷、刺し傷の総称であり、『無冤録述』は元（中国）から朝鮮を経て、江戸中期に伝わった検死の手引き書である。

「夢幻先生って、活け花だけでなく、そんなことまでできるなんてすごい男(ひと)なのね」

と花恵が驚いているところに、青木秀之介がやってきた。

「先日は──」

またしても、詫びの言葉を切り出そうしている青木の気まずそうな様子に、お貞はここぞとばかりに、

「旦那、この前、あたしの煉り切り褒めてくだすったんですってね。うれしかった。今日もあるんですよ。花恵さん、お皿、お皿。それに、お茶も湯呑も。早く、早く」

嬉々として、青木の世話を焼きだした。花恵は、お貞と青木がゆっくり話せたらいいと思い、何も声をかけずにお貞の言う通り茶の準備をした。

「いや、構わないでください。今日はそんな気分ではないのです」

いつもの青木なら、お貞の調子に巻き込まれるところだが、冴えない表情は変わらなかった。しばらく経っても、お貞が話しかける一方で、煉り切りにも手をつけようとはせず、桜草をじっと眺めたままだった。

「あら、じゃあどういう気分なんです？　あたしがここにいるっていうのに」

お貞が上目遣いに青木を見て、しなを作った。花恵は、青木がこういう顔をしている時は、不穏なことがあったに違いないと思っていた。

「お役目ですか」

心配になった花恵が切口上で訊くと、両国橋で女の骸が見つかって検分した帰りだと青木は低い声で応えた。無残さが心に迫り、たまらなくなって、花を買いにきたと続けた。

「とにかく優しいのよね、旦那は。それに繊細だし――」

お貞はうっとりと目を細めた。

「顔もわからないくらいに膨れたその骸は、身投げのようでした。見るに耐えられませんでした」

青木はお貞の言葉をかき消すように話し、今見てきた様子を鮮明に思い出しているようだった。

花恵はなぜか胸騒ぎがして、もしかして、おとよではないかとの思いが浮かんだ。

「年齢（とし）は幾つぐらいですか。若いんですかそれとも――」

矢継ぎ早に質（ただ）したが、

「顔がわからないくらい膨れていましたから、何とも答えようがありません。奉行所付きの骸医のところに運んだのですが」

青木の言葉が終わらないうちに、

「どこですか、どこに運ばれたんですか、その骸は?」

花恵は訊いた。

「榊原玄庵先生のところです」

花恵はいやな予感を覚え、いてもたってもいられなくなった。青木は花恵の急に慌てた様子に驚いていた。

「お貞さん、わたし行ってくる」

「花恵さん、ちょっと、どうしたのよ」

「だって、もしかしたら、おとよちゃんの身に」

「まだ、おとよちゃんって決まったわけじゃないんだから」

じっとしていられない花恵はすぐに店仕舞いをし、青木と別れてお貞と共に春木町のお早紀のところに急いだ。

お早紀の家に着き、訪いを告げても誰も出て来ないので、中を確かめたが、誰もいない。二階に上がってもきちんとたたまれた布団しかなかった。花恵は、不安で喉の奥に息がつまったようになり、その骸がおとよかもしれないとの思いが強まるいっぽうだった。

「どうしよう。まさか、まさか――」

焦りのあまり、今にも泣きだしそうな花恵に、お貞は徐(おもむ)ろに口を開いた。

「青木の旦那は、骸を榊原玄庵のところに運んだって言ってたわよね。そこへ行けば、はっきりする。花恵さん行こう」

「だって、どこか聞いてないわ」

「あたし、夢幻先生のお使いで行ったことがあるから、大丈夫。落ち着いて」

二人は神田川沿いを東に向かって歩き、柳橋を渡り、薬研堀の榊原玄庵の家に着いた。門札には『榊原玄庵　よろず病施療いたし〼(ます)』と書かれていた。玄関口は何足ものちびた下駄で溢れていた。

訪いを告げると、

「上がって待ってりゃ、そのうち順番が来るさ、上がんなよ」

威勢のいい女の声が応えた。

「診てもらいたいんじゃなくて、お奉行所の――」

花恵が言い終わらないうちに、

「それなら、裏だよ。裏に廻んな」

しゃがれた男の声が応えた。

言われた通り、二人が裏に廻ると、物置のようなそうでないような小屋が見えた。恐る恐る、油障子に向かって声をかけると、

「どうぞ」

聞いたことのある声が聞こえた。まさかと思い、油障子を開けるとそこにいたのは、静原夢幻だった。

「先生が、なぜ？」

「思った通り。青木の旦那から頼まれたんですね」

夢幻は、黙ったまま頷いた。

訝しげな花恵を見て、お貞が耳元でささやいた。

「先生はよく、奉行所や榊原先生に頼みにされているのよ。そこらへんの骸医より骸に詳しいから」

花恵は初めて見る骸に、これがまさかおとよちゃんだったらと思うと直視することができなかった。

「年齢は口の中を視てみなくてはわからない」

榊原は膨れ上がった紫色の唇を摑み、口をこじあけた。

「歯が何本か抜かれていて、残った歯に摩耗がある。それに歯茎も薄くなって歯からやや下がっている。これは四十代半ばの女だな」

さらに榊原は箆を使って喉を視た。

「おや、何かある」

「これを」

夢幻は素早く細長い器具を手渡し、榊原は小指の長さほどの袋を取り出した。口は細い組紐で縛って閉じられている。

「先生、それって」

お貞が頓狂な声をあげた。

夢幻は小さなその袋を膿盆の上に置いた。

――何の絵柄なのかしら？――

花恵は目を凝らした。水中を漂った骸の喉にあったとあって、その絵柄は色が多少抜けている。しかし、無数の橙黄色の花が集まって咲いている様子はわかった。

驚いたお貞は自分の片方の袂から鮮やかな橙黄色の寸分違わぬ小袋を取り出した。

――まあ、金木犀の絵柄だったんだ――

お貞が見せたその小袋からふんわりとではあったが、金木犀の香りが漂ってきた。

「これは、夢幻先生が春夏秋冬で、とびきり香りのいい花を選んで作って、お弟子さんたちに配っている匂い袋なのよ。春は春の花の香りを春生まれの人に、夏の花の香りは夏生まれの人にっていう具合にね。伽羅や白檀の匂いを移して作ってある、普通に売られているものとは一味違うの。なんせ金木犀水に生地を浸けて、たっぷり香りを染み込ませてから匂い袋に縫うんですもん」

匂い袋について、お貞は説明した。

「骸の身元が知れる手掛かりがこれに入っているとよいのですが――。わたくしはこの匂い袋をさしあげる際に、一番大事なものを入れておくように申し上げているのです」

夢幻は匂い袋の紐の下を切り開いた。

出てきたのは水晶でできた大黒神であった。夢幻は目を近づけて彫りを見た。

「井藤屋ぬいと読めます」

夢幻のはっきりと告げる言葉に、

「この骸がおとよちゃんのお姑さん？」

花恵は卒倒しそうになり、お貞に支えられて倒れずに済んだ。

「死の因は？」

夢幻が榊原に訊いた。

「傷や噛み傷はありますが、これらは水中で岩にぶつかったり、生き物に噛み千切られた痕です。首を絞めた痕もないので考えられるのは毒を飲まされて死んでから川に放り込まれたということです。口と耳鼻の中に出血が見られ、舌が爛れているのが何よりの証です」

その旨を書き記した文が奉行所に届けられると、一刻半（約三時間）ほど過ぎて井藤屋庄左衛門が番頭たち数名を伴い、血相を変えて駆けつけた。

「本当におぬいなのでございましょうか？」

庄左衛門は沈痛極まりない声で確かめた。花恵はあの一件以来、久しぶりに庄左衛門に間近で会った。花恵のことなど眼中にもない様子の庄左衛門は、息子についで妻をも失ったことを知り、顔は青ざめやつれていた。井藤屋の主として、商人たちからも信頼が厚い一方で、番頭たちには厳しいという噂の庄左衛門も、この時ばかりは、弱っていた。

「間違いありません」

榊原はきっぱりと言い切った。

「家内は倅の仁兵衛を亡くしてから、抜け殻のようになっていましたが、奉公人たちに辛く当たることで気を鎮めていました。このままではまた、あのお加代のようなことになってしまうのではないか、何日か前に身重だとわかったおとよの身体にも障るのではないかと気にかかり、強く勧めて箱根へ湯治に行かせていました。そのうち心が休まって帰ってくるものとばかり思っておりました。こんなことになるとは――」

か弱い声でぽつぽつと話し終えた庄左衛門は俯いた。

――おとよちゃん、仁兵衛さんとの赤ちゃんができてたのね、よかった。おとよちゃんの加減が悪そうなのも、悪阻だったのね。仁兵衛さんを亡くして、あの家、明かりが消えたみたいだったもの。仁兵衛さんの忘れ形見さえいてくれれば、この先支えができて、おとよちゃんとおばさん、きっと元気になってくれるはず――

花恵はほっと胸を撫で下ろした。

榊原は一通り、おぬいの死の因について説明した。

「するとおぬいは毒を飲まされて殺された後、川に捨てられたとおっしゃるのですか？」

庄左衛門は困惑した声を出した。

「ええ。あれだけの状態になってさらに、入水する必要があるとはとても思えませんから」

「そんな、誰がそんなむごいことを。だとしたらおぬいもさぞかし無念だったことでしょう」

「その証にわたくしがさしあげた匂い袋を今際の際に呑み込んでいました」

夢幻は水晶の大黒神が入った匂い袋を相手に見せた。

「着物も何もかも剝ぎ取られて投げ込まれていたので、お形見はこれだけです」

「いただいてよろしいでしょうか？」

「誠に申しわけございませんが、この手の遺されたものは奉行所でお預りすることになっています」

「わかりました。しかし、せめておぬいに会わせていただけませんか？」

庄左衛門が骸と対面した部屋からは、大きな泣き声が響き渡っていた。


榊原の元を花恵とお貞は後にした。人生で初めて見た骸の気配がまとわりついていて、花恵はあまりに気持ちが塞いでしまった。当然のことながら、見知っている者の骸を見ても全く動じない夢幻が、花恵には信じられなかった。花恵とは生きる世界が違うのかもしれない。自分の周りにいる人々とは全く異なる存在なのだと思い込むしかなかった。

姑を亡くしたことをまだ報されていないだろうおとよのことも気がかりではあったが、半日走り廻ったせいで、おとよの顔を見に行く力がもう尽きてしまっていた。

「ね、寄ってかない？」

家路への足取りが重い花恵を見かねて、お貞は汁粉屋へ誘った。

「こういう時って、どういうわけか甘いものを食べないと心が落ち着かないのよね」

確かにお貞の言う通りであった。大好きな甘味で、気を紛らわしたかった。

「花恵さん、おぬいさんは殺されたんだと思う？」

まずはかけつけの一椀をかき込んだところでお貞は言った。

「榊原先生はそうおっしゃってたわね」

二人は汁粉屋にはふさわしくない話を続けた。

「そうだけど、橋の上で毒をどっさり飲んで、それで飛び込むことだってあるんじゃない？　おぬいさん、普段から気が確かではなかったようだから、確実に死ぬために――」

その言葉に花恵は応えられなかった。

――相当複雑な気性の持ち主だったおぬいさんなら、何でもありそう――

「だとしたら、おぬいさんと仁兵衛さんはやっぱりあれで、仁兵衛さんを殴り殺したのはおぬいさんってことにならない？　可愛さ余って憎さ百倍ってやつ。そして、おぬいさんは良心の呵責で死んだ――」

お貞は二椀目の汁粉を注文した。

「それはないと思う。だっておぬいさんがあの崖を下りられるとはとても思えないし、石だって持ち上げられっこないもの」

花恵は証に添った通り告げた。

「だったら、仁兵衛さん殺しは別として、おぬいさんを殺すほど憎んでいたのは誰だったと思う？」

お貞は汁粉を快調に啜り続けていて、ひょいと上目遣いに花恵を見た。

「それは――」

花恵がすぐに思い浮かぶのはおとよしかなく、汁粉の椀を置いた。

3

その夜、花恵がそろそろ寝ようとしていると、表戸を叩く音がした。

お貞か晃吉だろうかと思って出てみると、

「暗いので庭木や花が見えないのが残念だ」

そこには、夢幻が佇んでいた。井藤屋へ悔やみに行った帰りなのだろう、大きな紫水晶の数珠を手にしている。

急に、それもこんな夜中に訪ねてくる夢幻に、花恵は驚いた。二人きりで話すのは、崖で会った時以来だった。

寝間着に羽織を引っかけただけの姿だと我に返った花恵は、

――あら、嫌だ――

自然と胸元を合わせて、すぐに中に入った。厨から粗塩が入った器を取ってきて

「それでは」

と、夢幻の身体にとりあえず振りかけた。

「おやおや、わたくしをなめくじ扱いですか？」

「お清めは決まり事ですから」

「ならば、塩ではない芳香水でも振りかけてほしいものです。古くは弔事に芳香水は付きものだったようですから」

「そんなもの、ここにはありませんから」

花恵は、急に現れた夢幻にまだ戸惑っていた。

「実は用向きがあってここへ立ち寄りました」

「こんな夜中に、何でしょう。お花のことでしょうか」

花恵は明日にでも届けられる花があっただろうかと、心配になった。

「明日、お貞が迎えに来るので案内する所まで行ってもらえませんか。わたくしも、そこで待っています。要るものはこちらで揃えますので、身一つで結構です。しばらくは、花仙は閉めてもらうことになりますが、それではこれで」

突然訪れて、無茶な頼み事をして返事も聞かずに去っていこうとする夢幻に、

「断ってはいけないのですか？」

花恵は慌てて訊いた。

振り返った夢幻は、

「来れば、あなたの素質とやらがわかりますよ、知りたくはありませんか？」

不可解な微笑みを浮かべた。

花恵は初めて会った時から、夢幻が持つ相手に有無を言わせないがそれでいて、身を委ねたくなる力に抗(あらが)えずにいた。

翌日、昼過ぎて訪れたお貞は、

「さあ、行きますよぉ」

若菜摘みにでも行くような朗らかさで促した。背中に大きな風呂敷包みを背負っ

ている。

「どうして、わたしが花仙を離れなきゃならないの？」

花恵は不安と戸惑いから思わず訊いていた。まだ髪や肌から昨日の腐臭が抜けていない気がしていた。

「夢幻先生の決めたことだから。でも、骸がある場所じゃないことは確か。それはいくら何でもご免でしょう？」

「ええ、正直なところ」

「その心配はないから大丈夫」

「それなら――」

仕方ないという言葉を呑み込むと、

「ちょっと待っててね」

花恵は身支度を調えてお貞と共に七軒町を出た。

橋を幾つも渡っていくうちに人通りが少なくなり、市中からどんどん離れていくと夕方近くになって、やっと目的の所が見えてきた。

「さあ、あそこよ」

粗末な一軒家であった。

——こんな所にぽつんとあるなんて、ひょっとして廃屋？——

恐る恐るお貞に促されて中へと入った。まずは家全体に染みついているのか、曰く言い難い芳香がした。土間は掃かれ、厨の流しも清められていて、二間しかない部屋の埃は綺麗に払われている。よく拭き込まれた黄色い畳に温かみが感じられた。小さな花差しがそこかしこの壁に取り付けられていて、遅咲きの桜やタンポポや菜の花、今が盛りの菫等が飾られている。菫が活けられている花差しには、紙で拵えてある姉様人形が貼られていた。

——つい最近まで花好きの人が暮らしていたのだわ。それに小さな女の子もいたのね——

ひとまず花恵は安堵した。

4

「これ置いてくからね」

　お貞は背負ってきた大きな風呂敷包みを解くと、布団一組の他に釜や米、鰹節、梅干しと味噌が入った二つの甕、塩壺、大小の鍋、二人分の飯茶碗、湯呑、椀、箸、皿等を土間に広げた。

「これで何とか間に合うと思うわ。夢幻先生は兵糧丸さえあればいいっていうお人だし――。それじゃ、あたし帰るね」

　早々にお貞は、去っていった。

　花恵は一抹の不安を抱きながら、お貞が背負ってきてくれたものをそれぞれ納めた。布団を納めた押し入れからは立版古（紙に印刷された建物や人を切り抜き、折りと畳みを繰り返し、糊で貼り、立体的に仕上げたもの）の雛飾りが出て来た。

　――これも忘れて行ったのね。よほど慌ただしく出て行ったんだ――

　ただし、売られているものとは段違いに内裏や雛、三人官女、五人囃子、翁と媼、膳部や箪笥等が緻密に描かれ華麗に彩色されている。

　――母親かそれに近い人が作ったのね――

　花恵は作り手の深い愛情を感じた。

　――女の子が忘れてきたことに気づいて、今頃、泣いていたら可哀想だわ。ああでも、どこの誰ともわからないし――

感慨を振り切った花恵は、その後、裏庭の井戸で盥(たらい)に水を汲み、何度も行き来して厨の水瓶を満たした。そこでぐうと腹の虫が鳴ったので水瓶の水で米を研ぎ、井戸端で見つけた薪を使って、火を熾して米を炊いた。

炊き上げた飯が蒸れる頃にはもうすっかり外は暮れていたが、まだ夢幻は訪れない。

――こんな所で独りぼっち――

花恵は心細さで泣きたい気分だったが、

――七軒町の店と変わらないじゃない？――

八丁堀は七軒町で花仙を始めた時のことを思い出そうと目を閉じた。すると庭の草木草花の様子が浮かんできて、しばらくすると気持ちが落ち着いてきた。

――とにかく食べなくては――

花恵は炊きたての釜の飯で梅干しとおかかを芯にした握り飯を拵えて皿に盛った。一つ、二つ、三つ目を手にしたところに、

「お待たせしました」

夢幻がお貞とほぼ同じくらいの大きさの風呂敷包みを背負い、一抱えもある赤い野ばらを手にして玄関戸を開けた。花恵は夢幻の姿を見て、自分がどれだけ心細かったのかわかった。

「先に来て待っていると申し上げましたのにすみませんでした。このくらい夜が更けてこないと、とかく目立ちますので」

夢幻は花恵に心から詫びた。そのとたん、夢幻の腹も鳴った。

「いかがですか？」

花恵は微笑みながら、皿の握り飯を勧めた。

「有難いです。けれどあなたは？」

「一緒にいただきます。今、お茶を淹れます。ああ、でも、お茶も薬缶もなかったから――」

「薬缶や茶葉はわたくしが持参しました」

夢幻がゆっくりと、持ってきた大きな包みを開いた。

茶や薬缶の他には大小の小袖と括り袴が二着ずつ、あと手拭が数本、柳行李、大小の盥、荒縄一巻き、櫛や房楊枝まである。

不可解だったのは小鉢の上に蓋付きの湯呑が重なっていて、左右段違いに指のような仕掛けが飛び出ている物であった。一尺三寸（約三十九センチ）ほどの陶製で、壊れたりしないよう何重にも晒しが巻かれていた。それと棘の多い野ばらが一抱え――。

――まるで小鉢と蓋付き湯呑のお化け。確か〝蘭引き〟っていうんだった。二、三度、大きな瀬戸物屋さんで見かけたことがある。使い途は訊かず仕舞いだったけれど――、花瓶？　これに野ばらを活けるつもり？――

花恵は腹に握り飯を詰め込んでいる夢幻のために茶を淹れた。

――これって、まるで――

夫婦のようではないかとふんわりした気分になりかけて、

――馬鹿馬鹿、何考えてんの？　この男のことだもの、夫婦の真似事のためにここにいるわけないじゃないっ――

花恵は自分を叱りつけた。

夢幻はよほど腹が減っていたのか、黙々と握り飯を平らげた。花恵が淹れたお茶を啜り終わると、夢幻は穏やかな面持ちで話しはじめた。

「ここに入ってすぐ、得も言われぬ芳香に気がつきませんでしたか？」

「ええ」

「実はここには何日か前まで花露を扱う家族が住んでいました」

花露とは朝露等が花に落ちたものではなく、花から取り出した花の油のことである。

「花露のことなら、以前、おとっつぁんからちらっと聞いたことがあります。何でも、ほんの一滴、二滴ほどで、花畑にいるような心持ちにしてくれるのが花露で、それはそれは、たいそう貴重にして高価なものだと。また、花露を拵えるにはかなりの技がいるのだとも――」

「そうです。花露の悲運に弄ばれた家族の話を少しさせてください。ここには蘭引き使いを生業とする達人一家が、つい何日か前まで住んでいました。蘭引きは御存じですか？」

「ええ、まあ」

夢幻は蘭引きを手に取った。

「花の蘭に引くと書きます。江戸開府の頃、堺の商人がこれを買って、阿蘭陀人（オランダ）から花露抽出を習った後、広まったものです。これを使うと味のいい焼酎ができますし、花露にも使うことができるのです」

「そのご家族と、先生は知り合いだったのですか？」

「ある時、三十間堀に〃蘭引きあらん〃という店を出していた主が相談に見えたのです。蘭引きあらんは客の依頼に応じて、医術用の効き目のいい焼酎や丁子（クローブ）等の薬油を主に扱い、このところは女子に人気の野ばらの花露の頼みが増えてきていたそうです。傷みかけた酒や焼酎に使うぐらいなら、家での蘭引き操りでこと足りますが、厳密を期さないと命に関わる薬用や、肌に触れるものとなると、塵一つ、埃一つ立たせない息詰まるような仕事場での完璧な仕上げを誇る蘭引きあらんが頼みとなっていたのです。蘭引きあらんは家族だけで賄う小商いながら、権現様（徳川家康）の頃から続く老舗でした。そんな安穏とした日々を続けていたかったと主は言っていました」

「穏やかな日々にいったい何が起きたのですか？」

「蘭引きあらんでは、仕事熱心で何よりずば抜けた鼻を持つ弟子が婿に入って、可愛い女の子が生まれてすくすく育っていたところでした。けれども、この婿の鼻と熱心さが仇になりました」

「仇——」

「婿は最も濃厚な花露を採る方法を探し求めているうちに、長崎で医術を学びかけて全うできなかった、名もなき者が書き綴った書を見つけたのです。『長崎異国異聞』と名付けられた日記には、油脂吸着法とありました。一切熱をかけないやり方です。無臭化させたももんじの類いの豚または牛の脂に、花弁等を並べて、香りを移し、香りが吸着されたところで、新しい花弁に替えるという方法を何度も繰り返して行う花露採りです。香り成分が多量に含まれた脂が出来上がったところで、香り成分を無臭の焼酎に移した後、これをそのまま蒸発させて濃厚な花露を得るというものだそうです。こうして作られた花露は熱が加わっていないせいで、熱によって香りが薄くなったり、変わったりすることもなく、何年もの間、鮮烈にして重厚な香りを保ち続けるとのことでした」

「それは素晴らしいけど、無臭のももんじ脂や焼酎なんて、そうたやすく手に入るものではない気がするけど——」

「蘭引きあらんの婿もそう思ったようです。野山にいるももんじ類は常に餌として襲われたり、狩られる命の危険と隣り合わせにいて、その緊張感が臭みの元を染み出させるのだそうです。ですが、そんなももんじ類も安心してぐっすり眠っている時や用を足す時等、緊張が解けている頃合いで狩られることがあるそうです。そんな時に狩られたももんじ類は、たとえ野生の猪や鹿でも臭みが極端に少ないとのことです。蘭引きあらんの主と婿はももんじ肉に通じている、知り合いの猟師に頼んで、時をかけて新鮮にしてほとんど臭わない猪脂を譲ってもらうことができたのだそうです。ただ、婿は無我夢中で突っ走ってしまい、知り合いにこの話を洩らして、よりよい焼酎やももんじを得ようと長崎への伝手をもとめました。やがて北町奉行笹本備後守元道（ささもとびんごのかみもとみち）の知るところとなりました。それが不運のはじまりです」

そこでふうと夢幻は大きなため息をついた。

「北町奉行笹本備後守元道は今太閤ならぬ、今大岡越前守（おおおかえちぜんのかみ）になろうとしています」

——大岡越前守様といえば全てを明察する上、情のある名奉行と謳われたお方だけど、有徳院（八代将軍吉宗（よしむね））様に重用されたという、ずいぶんと前のお奉行様よ——

花恵は今一つぴんと来なかった。

「大岡越前守様の前にも後にも、大名にまで出世した旗本はいないのです。出世こそ我が道、我が生き甲斐と決めている笹本は、今大岡越前守になることが大望でしょう」

「ということは北町奉行笹本備後守様もお大名になりたいのですか」

「できれば。しかし、大岡様の頃とは時代が違いますから、そこまでは無理でしょう。けれど、お留守居役なら。お留守居役はその名の通り、公方様が千代田の城にいない時の留守を守るお役で旗本が就くことのできる最高の職位で、大奥に対しても絶大な権限があります」

「大奥にも？」

「大奥には次の公方様におなりになる若君がお育ちになっているのですから、諸大名やお目見え以上の旗本たちは、こちらへもご機嫌伺いや貢ぎ物を疎かにはできません。大奥は特別な力で成り立っているところで、寵愛されている側室を凌ぐ力を持つのは、嫡子を産んだ側室や大奥総取締役だとも聞いています。笹本は市中の老舗菓子屋や砂糖屋、呉服屋等に圧をかけて、こうした大奥に密かに自分の名で貢ぎ続けているようです。ここ何年間かの改革で大奥への奢侈（しゃし）取り締まりが厳しいさ中、お留守居役への昇進を狙う、笹本からの貢ぎ物はたいそう歓迎されているはずです」

「世に伝えられてきた大岡様とは似ても似つかない大望ですね」

花恵は北町奉行笹本備後守元道がぞっこん厭わしく感じられた。

「まさに」

夢幻は大きく頷いて、先を続けた。

「如何に公方様の寵愛を得るかの戦いの場が大奥ですので、笹本は老舗菓子屋や砂糖屋、呉服屋等では飽き足りなくなってきているようです。もちろん、今、世にある媚薬の類は片っ端から試しているようですが、身体に障るほど強いものは使えないこともあって、これも段々効き目がなくなってきているとか。笹本は蘭引きあんの作る花露に目を付けていて、すでに御台所様や世子の生母であるお腹様、そして大奥総取締役様等に月々、貢いでいたとのことでした。大奥御用達という噂が広まるのは誉であり、このくらいで済めば仕方がないと主は思っていたとのことでした。ところがこれだけでは済まなかったのです」

夢幻の顔つきが変わった。

第四話　闇夜の無念晴らし

1

「笹本備後守元道は公方様と褥(しとね)を共にする女人たちの誰もが、身体に障らず、効き目のある媚薬を喉から手が出るほど欲しがっていることを知っていました。そこで、油脂吸着法について清（中国）や阿蘭陀の書物等、古今東西の書を入手して、詳しく調べさせました。そうして、野ばらの香りには五感に訴える媚薬の効き目があることがわかり、これを作らせて大奥に献上しない手はないと考えたのです。当初は大奥分だけを作らせるつもりだったようですが、すぐに欲が出て、無臭のものもんじ脂の入手等も含め、蘭引きあらんの婿が見つけた油脂吸着法の秘伝を我が物にしようと考えたのです」

「油脂吸着法を蘭引きあらんから奪おうとしたのですね」

「最初は、見つけただけで無から思いついたわけではないという言いがかりで奪おうとしたのだそうですが、蘭引きあらんの主と婿が応じなかったので、蘭引きあらんの屋号の〝あらん〟は御禁制の異国語であり、この屋号を用いての商いは許し難いという揚げ足取りともいえる因縁をつけてきたのです」

「カステーラだって堂々とまかり通っているというのに、なんて理不尽な」

花恵は憤慨して、呼吸が荒くなった。

「主と娘、そして婿は、葡萄牙(ポルトガル)語のアランビックが由来でご先祖様が付けた屋号が蘭引きあらんなので、〝あらん〟には誇りと拘りがありました。とはいえ、商いを止められるとあっては、ご先祖様も許してくれるだろうと断腸の思いで、屋号から〝あらん〟を外し、蘭引屋と改めたのです」

「悔しいけど店が失(な)くなるよりはいいかもしれない」

花恵は我が事のように唇を嚙んだ。

「しかし、それから三月と経たないうちに、蘭引屋は火事で焼けてしまいました」

夢幻の眦が上がった。

「まさか――」

花恵は息を呑んだ。

「蘭引屋で火事が起きたのは夏の終わりで、その夜はまだ蒸し暑くそよとも風が吹いていませんでした。かけつけた火消したちの活躍で焼けたのは両隣合わせて三軒だったのですが、辺り一面とにかく臭く、それは蘭引屋の土間に夥(おびただ)しい魚油が流れていたせいだと聞きました」

「付け火ですね」

花恵の声が怒りに震えた。

「それ以外、考えられません」

「蘭引屋さんの家族は無事だったんですか？」

助かっていてほしいと花恵は祈る気持ちだった。

「娘と婿、一粒種の女の子は逃げて助かりましたが、主は逃げ遅れて亡くなりました。わたくしはあえて、あの主は火から逃げず、あそこで亡くなったのかもしれないと思っています」

そこで夢幻は片袂から小さなギヤマンの色付き瓶を取り出した。

「これは蘭引屋の主からいただいたものです。自分にもしものことがあったら、これで、娘一家を守ってほしいとおっしゃっていました。それから、『ささやかながらここで代々続いてきたこの店をわたしは見捨てては行けない、この店と生き死を共にする』とも――。一方、付け火だと申し立ててても取り上げてもらえず、御定法通り、三軒も焼けたのだからと二十日の押込め（軟禁）と決まり、娘一家は罪人となりました。わたくしは怒りと怯えに震える娘夫婦と弱っていた女の子を何日か、あの地下に匿った後、お貞さんに、ここを見つけてもらい、三人に移り住んでもらうことにしました」

――ああ、よかった――

ほっと安堵した花恵の鼻先に蓋が開けられた小瓶が突き付けられた。

「これは主と婿がひそかに作り上げた、この世に二つとない油脂吸着法による花露です。わたくしたちの寿命などゆうに超えて香り続けるとのことでした」

「まあ――」

続く言葉が出て来なかった。

「まるで野ばらの花畑にいるみたい」

花恵の鼻が感じた野ばらの香りは気高く、強かった。生命の輝きに溢れ、花恵に「気を落としてくじけたりしないで」と強く心から優しく勇気づけてくれるような。

――この色付き小瓶の中には神様が鎮座なさっている――

「そうです。ですからわたくしはこの小瓶の香りにかけて、何としても、殺されたに等しい蘭引屋の主の無念を晴らさなければならないのです。一家を必ず守り通さなければなりません」

「笹本は火事で蘭引屋さん一家を追い込んだ後、秘伝で花露を作り出そうとしたはずですが――。北町奉行の力があれば、長崎から無臭のももんじ脂だって取り寄せられたのでは？　それでもなお、娘さん一家を探し出して首を刎ねようとしたのですか？」

花恵は訊かずにはいられなかった。

「笹本の元に届いていた長崎からの脂は、おそらく出島の阿蘭陀人たちの残り物だったのだと思います。料理人たちが牛や豚を捌く時、肉から外した脂だったのでしょう。その脂が遠路はるばる時をかけて江戸へ運ばれてきたのです。これが臭わないはずもありません。如何なる芳香も腐臭には勝てませんから、笹本の媚薬作りは完全に頓挫しました。無臭脂を頼んだ先が長崎奉行とあっては文句も言えず、笹本は忸怩(じくじ)たる思いでいたはずです」

「そこで、笹本は一家のことを思い出し、見つけ出して使おうとしたんですね。この道を究めてきた者なら必ず秘伝に行き着いているはずだと気がついて——」

「その通りです。わたくしは一家に、ここで蘭引きと油脂吸着法の仕事を続けてもらっていたのです。客たちとの間の仲介も含んで、なにくれとなく一家の世話を焼いていたのはお貞さんです。ですが、二日前から見慣れない男たちが家の周りをうろついていたようなのです。ここが笹本に知られてしまったに違いありません」

「それで先生は一家をここから他所(よそ)へ引っ越させたのですね」

「ええ。早朝に旅立ってもらいました。わたくしたち以外には決して知ることのない所です」

——たぶん、先生の四代前のご先祖様たちが生きた所、伊賀忍者の里だわ——

花恵は確信を抱いたが口にはしなかった。

「一つ、どうしても訊いておきたいことがございます」

改まった花恵の物言いに、

「おや、何でしょう？」

夢幻は惚けた口調とは裏腹に両目の端に鋭い光を溜めた。

「このままでは娘さん一家の身が危ないと案じて、先生はここを離れさせたのですよね？　だとすると、いずれ油脂吸着法による濃厚不滅の花露作りを強いようと、笹本は一家を攫いにここへ来ます。目的は一家であってわたしたちではありません。わたしたちは何のためにここにいるのでしょう？」

花恵はやや詰問調になると、

「言わずと知れたこと、迎え撃って戦うのです。ずっと逃げ続けても終わりは来ません。一家に代わって戦い、蹴散らす者がいるのだと笹本に身に沁みてわからせるのです。そうしないと、濃厚不滅の花露作りと、一家への追及をきっぱりと断念させられません」

夢幻の左右の目に溜まっていた光がきらりと煌めいて刃の切っ先を想わせた。

2

話しているうちに、夜がいつの間にか更けていった。夢幻は花恵のために奥の部屋に床を伸べると、続きは明日話すと告げて自身は座敷の隅で壁にもたれて寝息を立てはじめた。

——同じ部屋なんだわ——

横になったものの、花恵はなかなか眠ることができずに何度も寝返りを打った。気がつくと部屋の中が白んでいた。夢幻はすでに起きたようで、部屋にその姿はなかった。花恵は着替えて裏庭に出てみた。葱や小松菜、人参、牛蒡、唐芋（さつまいも）の他に、種が蒔かれて芽吹いたばかりの茄子や胡瓜の双葉が土の上に見えている。

——蘭引屋の娘さん、なるべく家族に不自由はさせまいと、自分でできることは一生懸命やってたのね——

花恵の頭の中を、壁の花瓶に残っていた姉様人形や、押し入れの中の見事な立版古の雛飾りがよぎった。

——あれも、きっと娘さんが作ったのね。真に愛おしく美しいものをお子さんにあげようとしたのね。隠れて暮らさなければならない我が子に寂しい思いをさせないために——

追われながらも、家族のために健気に尽くす娘への思いを抱きつつ、花恵は朝の味噌汁に入れる葱を引き抜いたところで、

「外に出るのはわたくしと一緒の時だけにしてください」

背後から夢幻のやや厳めしい声がかかった。

夢幻は昨日、ここへ訪れた時のように背中に風呂敷包みを背負っている。

「昨日は何事もありませんでしたが、いつ襲ってきても不思議はないのです」

「ごめんなさい、そうでした」

「あなたの用向きが終わるまで見張っています」

花恵はさらにもう一本の葱と小松菜、唐芋、人参と牛蒡を抜いて一抱えにした。

「小松菜の煮浸しでも菜につけましょうか？」

花恵の言葉に、

「いや、ここは簡単で結構」

夢幻があっさりと断ったので、花恵は白米に梅干しを数粒入れて炊く梅干し飯と唐芋の味噌汁を作った。

朝餉を終えた夢幻は土間に座り込んで風呂敷の包みを解いた。中身は驚くほどの量の枝葉であった。

「近くの林から黒文字と薄荷の枝葉を採ってきました。これから蘭引屋の真似事をするのです」

夢幻は専用の七輪や蠟燭の用意をはじめる。

「敵にはここにまだ、娘一家がいると思わせなければなりませんから」

「それを使って、欺くのですか?」

「もちろん。沢山ある枝葉を使う黒文字油や薄荷油は、野ばらの花露ほどは高くは売れません。けれども、一家の貴重な儲けになっていました。黒文字油となると脱毛を止める効能があるとされています。薄荷油には頭痛、咽の痛み、皮膚の痒みに効き目があります。作れば必ずどこかの医者や薬屋がもとめてくれて大助かりだと、お貞さんが言っていました。これらの芳香は家から外へ洩れ出すのです。この前の道は時折、道に迷った旅人が通るだけでしたが、いつしか笹本の耳に入ったものと思われます。見張っている者たちは、家から洩れ出す芳香の有無を在宅か否かの決め手にしているはずです」

「お手伝いします」

こうして花恵は夢幻と共に黒文字油と薄荷油を作り続けた。昼餉は握り飯と茶で夕餉の菜は甘く煮付けた唐芋であった。

翌日も翌々日も同様な日々が続いた。朝餉と昼餉は変えようがなかったが、夕餉だけは二日目は人参と牛蒡のきんぴらで、三日目は梅おかか菜飯にした。これはまず千切りにした人参と小指の先ほどに切った小松菜を炒めて、醤油と塩で味を付ける。次に炊き立ての飯にこれを混ぜ、仕上げにおかか、梅肉を合わせる。

「あなたは料理上手ですね」

夢幻は喜んで何膳も梅おかか菜飯のお代わりをしてくれた。笹本らがこのまま襲って来なければいいと思うほど、安寧な時間が過ぎていく。

梅おかか菜飯を心ゆくまで平らげたところで、

「今日あたりではないかという気がします」

夢幻はさりげなく告げた。

「襲ってくるのですね」

「たぶん」

夢幻は一つ、二つと灯りを消していく。

「わたくしたちが黒文字油や薄荷油を作っている間は、襲ってくるまいと思っていました。なぜなら、連中は一壜でも多くの黒文字油や薄荷油を手に入れたいと目先の欲を出しているからです。お話ししたようにこれらの油は花露ほど稀少ではありませんが、そこそこ引きがありますから。三日も過ぎれば一家もとっくに箱根を越えた頃でしょうし、いい頃合いです」

「わかりました」

「それでは共に奥へ行きましょう」

「えっ、今、共にとおっしゃいましたか」

——共にってどういうこと？　まさか、どうしよう——

奥の部屋に入った夢幻は畳んである布団を伸べた。隣に座布団を合わせると片袖から晒し飴と黒糖の袋と、牛の乳の染みた手拭を出して置く。

「これで子どもの気配は作れました」

夢幻は満足そうに微笑むと、

「帯を解いて、ここに横になってください」

有無を言わせぬ口調で花恵に命じ、夜着をかけた。

花恵が戸惑いながらも言われた通りにすると、

「それではわたくしも」

夜着に潜り込んできて、夢幻は花恵にぴったりと身体を寄せた。

「そんな――、困ります」

花恵がぴしゃりと伝えて、逃れようとすると、

「それではこちらが困ります」

夢幻は花恵を強く見つめた。

「困ります」

花恵は全身が硬直した。

「それはわかっていますが――」

夢幻は花恵の上に乗り、唇を花恵の唇に重ね、離すと、

「襲ってくる連中の中には、笹本が雇っている忍びがいるかもしれないと、お貞さんが報せてきています。忍びの中にはそこそこの距離なら、目以外でも全ての気配、こちらで起きていることを察知できる者もいるのです。決して怪しまれてはなりません。夫婦はこうして自然に睦み合うのが普通でしょう?」

夢幻は花恵の耳元でささやいた。花恵はどうしたらよいかわからず、ぎゅうーっと目をつぶり、両足をぴったりくっつけた。

「駄目ですよ、何か考えては。相手に知られてしまいますから」

「ええ、でも」

「わたくしが花を活ける様でも想い浮かべてください」

そう促されると、夢幻が野ばらを活ける様子が目に浮かんだ。可憐ではあるが小さな野ばらが何十輪と活けられていく。そのうちに、あろうことか野ばらは一輪の大きな長春(薔薇)となって芳香を放ちはじめる。夢幻の手にかかれば、どんな花もこれほど華麗に輝くのだとは花恵は感嘆した。

「あなたはそれでいいのです」

そう言い切った刹那、夢幻が宙を飛んだ。身体こそぴくりとも動かせなかったが、花恵の目はよく見えている。

　飛んだのは夢幻だけではない。荒縄の輪が一つ、二つ、三つ、四つと立て続けに飛ぶ。夢幻は蝶のようにひらひらと優美に飛び続ける。

「ぎえーっ」

「うえーっ」

「うううっ」

「うわーっ」

　断末魔の悲鳴が次々と聞こえた。

　──荒縄の輪で首が絞められて悶えているのだわ──

　そうとわかったものの花恵は動けない。

「こいつら、どうします？」

　聞き慣れたお貞の声がした。

「ひとまとめにして笹本備後守元道に返してやりましょう」

「わかりました」

　夢幻は花恵の元に静かにやってきて、

「あなたの身を守りつつ、敵を一網打尽にする止む無き策とはいえ、無礼の程申し訳ありませんでした。どうか、許してください」

そっとささやいた。

3

動けない花恵からお貞や夢幻の様子は見えないが、土間の床に黒文字油や薄荷油の入ったギヤマンが落ちて割れたことが音と匂いでわかった。にもかかわらず、頭の中では、首に荒縄の輪を巻きつけられたまま、一括りにされているごろつきたちが想像できた。その数四人。

突然、お貞がけらけらと笑いだした。するときつく括っていたはずの荒縄が緩んだ。ごろつきたちは一斉に首に巻き付いたままの縄を外すと、畳の上に投げつけてぺっと唾を吐きかけた。笑い続けていたお貞の背丈が縮んで、総髪の切り立った崖のような険しい顔の小男に変わった。

——お貞さんじゃない——

花恵はぞっとした。

——この大馬鹿者めらがっ——

小男が心の中で手下たちを叱責するのが花恵には聞こえた。この一言で手下たちの額や頬に刃物で斬りつけたかのような傷ができた。

「くそっ」

手下たちは傷口から滴る血と痛みに煽られて、

「よくも謀(はか)りやがったな」

「舐めやがって」

「今度こそ地獄に送ってやる」

口々に叫んで土間の夢幻へと向かっていく。

ゆっくりと夢幻が振り返った。

その手にはギヤマンの刀が握られ、切っ先がぎらっと光った。

その刀を手にした夢幻はやはり、また、ひらりひらりと宙を飛んだ。荒縄の輪が繰り出される代わりに、男たちの攻撃を巧みに避けて刀が振り下ろされていく。

花恵にはそれが長い長い時のように感じられたが、実は数えて三十までの間に起きたことだった。

土間の上には刺し殺された男たちの骸が転がっている。ギヤマンの刀の効力ゆえなのか、骸の傷痕は深く、土間の床を覆い尽くす夥しい量の血が流れていた。

「おじちゃん、おじちゃん」

戸口に女の子が立っていた。

「あたしね、ここに忘れ物をしてきちゃったんだ。お友達のお人形さん」

女の子はつかつかと土間を歩いて、壁の花瓶に貼られていた姉様人形を手にした。

「ああ、よかった。これであたしは勝てる」

女の子はにっこりと笑った。

「少女に化けるとはまた手の込んだ真似をするではないか？　千秋斎(せんしゅうさい)――」

夢幻はふんと鼻を鳴らした。

「おまえとは長く会っておらず、決着がつかずにいたゆえ、そろそろ雌雄を決したいと思っていたところよ、夢幻」

千秋斎と呼ばれた男は、座敷で手下たちを叱った時の鋭く恐ろしい声音を発し、少女の顔で凄みのある笑いを洩らした。

「おまえの飛翔の必殺術、衰えておらぬな、感心したぞ。しかし、黒文字油と薄荷油を砕けたギヤマンと合わせてギヤマン刀にするのは、いささか進歩がないのではは？　ギヤマン刀はあくまで守りのための刀ゆえ、人の血を多量に吸うと役立たずになる。わしは今から、おまえとギヤマン刀の滅びをこの目で見極めることができる」

少女の姿で千秋斎は一歩、夢幻の方へと踏み出した。そのとたん、夢幻の手にしていたギヤマン刀が歪みはじめた。一歩、一歩と千秋斎が間を詰めて行く。

「これさえあればな」

千秋斎は声を張って嘲笑い、姉様人形を高く掲げて、攻撃の手をゆるめない。ギヤマン刀は歪み続けていた。

「黒文字油と薄荷油、砕けたギヤマンの破片を味方につけて生まれるギヤマン刀は幼き子どもの純な心が愛でるものを、決して倒すことができぬのだからな」

千秋斎の声が響いた。

——幼き子どもの純な心——

花恵の頭に座敷の押し入れにしまわれていた立版古の雛飾りが浮かんだ。

――あれの方が姉様人形よりずっと凝っていて、女の子なら誰でも一目で魅せられ、末永く愛で続けずにはいられないはず。でもどうして千秋斎とやらにはあれが見つけられないのだろう？　夢幻先生、早くあれを先に見つけて。そうすれば――

花恵は強く念じた。

すると、傍らにあった座布団の上の晒し飴と黒糖、牛の乳の染みた手拭が動いたように見えた。続いて花恵は身体を起こすことができた。なぜか晒し飴と黒糖、牛の乳の染みた手拭を抱き締めていた。

花恵は立ち上がった。身体は常よりずっと軽い。

土間では夢幻が千秋斎に苦戦を強いられている。ギヤマン刀はかろうじて折れ曲がらず、何とか刃先を光らせている。花恵は脱兎のように素早く雛飾りが仕舞われている押し入れに入った。

「おや――」

少女の姿をした千秋斎が不機嫌な表情になった。

「ここにまだ純なものがあるとはな」

千秋斎が姉様人形を手にして辺りを探しはじめた。花恵が潜んでいる押し入れに近づいてくる。

──どうせ、見つけられるのなら──

花恵は勢いよく押し入れの襖（ふすま）を引いて飛び出した。もちろん、晒し飴と黒糖、牛の乳の染みた手拭と一緒に雛飾りをしっかりと胸に抱いている。

「お嬢ちゃん」

千秋斎は猫なで声で畳んである雛飾りを指差した。

「それ、あたしのなの、そのまま返してくれない？　それともこれと取り換えっこして遊ばない？」

──もしかして、わたしは常の姿ではないの？──

ちらとそこにあった鏡台で、今の自分の様子がわかった。二人の少女が鏡に映っている。

──どうして？──

不安が心をよぎったとたん、花恵は恐ろしさから少女の姿をした千秋斎に危うく雛飾りを差し出しかけたが、

──駄目よ、そんなの──

慌てて着物の胸元に挟んだ。

「それって、持ってると悪いことが起きるのよね。だから、あたしが持っててあげる。雛飾りを開いては駄目、絶対駄目。地獄からよくない風が吹きつけてくるんだから。わかったでしょ、さあさ、返して——」

少女の姿をした千秋斎は雛飾りに手を伸ばしたままでいる。

——雛飾りを開くなだって？　わかった、幼き子どもの純な心が愛でるものである人形は、その姿を晒していないと、たとえ千秋斎でも見つけられないのね——

花恵は雛飾りを開こうとした。

——開かない——

まるで手の指に力が入らなかった。

「諦めろって言ったでしょ」

千秋斎は嘲笑い続けている。

——相手の力にわたしの手先が封じられているのだわ。ああ、でも、わたしは今ここに、人形の他にも子どもが愛でるものを持っている。人形ほどの力ではないかもしれないけれど——

花恵は素早くその場に伏した。晒し飴、黒糖、牛の乳の染みた手拭が手から離れて畳に落ちた。雛飾りだけは胸元に挟んだままになっている。

「そうそう、いい心がけだわ、とにもかくにも無理は禁物なんだから」

笑いながら千秋斎が胸元に挟んである雛飾りを奪おうと近づいてきた。

――そんなこと絶対させない――

手に力が全く入らない花恵は足先を使った。足先で牛の乳の染みた手拭からはじめて、黒糖、晒し飴と、次々に大きく脚を曲げ伸ばしては相手めがけてぶつけていく。千秋斎の鼻の上に手拭が載り、全身が黒糖だらけになり、晒し飴が頭上から降った。

――木登りが必須の植木職は足先や脚も手みたいなもんなんだから――

この時、花恵は少しずつ手に力が戻るのを感じた。

一方の千秋斎は鼻を拭い、頭上に載った晒し飴を振るい落とすと、全身の黒糖を払い続けつつ、

「ふん、馬鹿馬鹿しい、飴や砂糖、牛の乳の力なんて、弱い、弱い――。これ以上あたしを怒らせないで。大人しくその雛飾りを渡せ」

少女の口調ではあったが自身のしゃがれ声で脅してきた。

——今だ——

花恵はさっと立ち上がり、胸元から畳まれている雛飾りを取り出すとさっと勢いよく開いた。千秋斎に向けて、

「純な子どもの心の愛でるもの、その力、ここにありっ。覚悟っ、悪者退散っ」

花恵は外まで響き渡るほどの大声で叫んだ。

4

「うーっ、うえーっ、ああーっ」

悲鳴を上げながら千秋斎は少女の姿ではなくなった。

「殺れるものなら殺ってみろ」

くるくると独楽のように廻り続けているので、姿がよく見えない。

夢幻はぐにゃりとなったギヤマン刀を手にして再びひらひらと舞いはじめた。千秋斎は姉様人形を捨てて刀を抜いた。

「おのれ」

　一方、夢幻が舞い続けているうちに、曲がった藍色のギヤマン刀は、きらきらと光を放ちはじめた。

　――よかった、力を取り戻してきているんだわ――

　そして、藍色が透明に澄み切った刹那、夢幻の手を離れたギヤマン刀が千秋斎の胸を深々と貫いた。

　息絶えた千秋斎の骸はやがて枯れた杉の一枝に変わった。

「命拾いしました、ありがとう」

　夢幻は、一息ついて花恵のそばにやってきた。妖気を操る者同士の戦いの気配がまだ残っているように感じたが、夢幻はいつもの落ち着きはらった様子で、

「お腹が空きました。そうだ、これがありましたね」

　懐から小袋を出して兵糧丸を取り出すと花恵にも分けた。

「こういう時は彦平の兵糧丸の方がお腹に溜まっていいですよ」

　一口齧って応えた花恵は、

　――もしかして、わたしは女の子のまま？――

恐る恐る足元を見た。もう幼子のものではない。

――こちらも元に戻ったみたい――

安心して兵糧丸を平らげた。

千秋斎が捨てた姉様人形を拾い上げた夢幻は、

「あなたは雛飾りの方がこの姉様人形より力が強いと思っていたようですね」

常の微笑みを絶やさずに訊いてきた。

「そうではないのですか？」

井戸端へ出た夢幻は盥に水を汲んで戻ってくると、押し入れの襖に向けて盥の水をばしゃばしゃと掛けた。

無地の襖紙に水が染み込んでいくと、花や毬、家族の顔が描かれた幼げな絵が浮かびあがってきた。

「これは、蘭引屋さんの女の子が描いた絵ですか？」

「最強の力とは純な心の幼子が愛おしんでいたものの順番ではなく、幼子自身の手によるものだったのです。それが押し入れを守っていたがために、千秋斎は気づくことができずにいたのでしょう。もちろん、母親の手による雛飾りは、千秋斎が武器として用いた姉様人形以上の力を発揮しました」

——家族愛がわたしたちを救ってくれるなんて——

花恵がしみじみと感慨に耽っていると、

「足音が聞こえます、そろそろお貞さんがここへ着く頃です。お貞さんはわたくしが兵糧丸さえあれば満足しているとあなたに言っていませんでしたか？　それは違うのです。わたくしは甘いものにはいつだって目がないのです」

「お貞がまいりました」

野太い声を聞くと、走っていって戸を開け、

「遅いじゃないですか、首を長くして待ってましたよ。時季の草団子、お貞さんお手製の四季の菓子の中でも、わたくしが好きなものの三本の指に入ります。何といってもよもぎの香りが心を落ち着かせてくれますし、そうそうこのつぶあん、小豆の潰し具合」

夢幻は花恵に向けて満面の笑みを向けた。怖い思いをさせた花恵を少しでも癒したいと、夢幻は考えているのかもしれなかった。

「花恵さん、大丈夫？」

戸口から中を見渡したお貞は流れている血や骸には目もくれず、花恵を見つけ、

「ともあれ、お二人ともお元気で何よりです」

安堵のため息をついた。お貞の顔を見た花恵は、ようやく笑顔に戻った。

この後三人は四人の骸と一枝の枯れた杉を前に草団子を食べ、その家を後にした。

七軒町に帰り着いた花恵は急に疲れが出て、二日もぶっ続けで眠ってしまっていた。

5

「お嬢さーん」

三日ほど過ぎたのち、晃吉の声で目が覚めた。まだ、疲れが取れきれず、応えたくはなかったものの、

「はーい、ちょっと待ってて」

着替えて応対に出た。

「親方からのお届け物です」

またしてもそれは変わり鉢植えの万年青であった。

「いつものようにここの万年青台に納めておきます」

「それはご苦労様」

花恵は仕方なく晃吉のために茶を淹れた。

「お茶受けにどうですか？」

晃吉は持参した花林糖を目の前に広げた。花林糖は小麦粉と砂糖を合わせてこねて棒状にし、菜種油で揚げた後、黒蜜に絡めてよく乾かして作られる。

「実は昨日も来たんですが、留守のようでした」

留守ではなく、眠り込んでしまっていて気がつかなかっただけなのだが、

「ええ、まあ、ちょっと。桜草の鉢を届けに行っていたのよ」

急に腹の虫が鳴いてきた花恵は花林糖に手を伸ばした。

「親方もお好きですよね」

「そう、そう」

相づちを打ちながらも花恵の胃の腑は花林糖を喜んで迎え入れている。

「花林糖、親方はお嬢さんと一緒に食べたいでしょうね」

晃吉は何とか話を続けようとしていたが、花恵は応えなかった。その代わりに、

——あんな血の匂いのする、骸だらけのところで、よくつぶあんの草団子なんて食べられたものだった。でもあれを味わわなかったら、まるでずっと夢を見ていたかのような、とても本当に起きたこととは思えなかった——

心の中で、夢幻に申し訳ないと詫びられた愛撫の感触を思い出していた。花恵の手はさらに花林糖に伸び続ける。

「昨日は焼いた唐芋を持ってきたんですよ。その方がよかったかな。これからそれもとめてきましょうか？」

花恵のいつになく貪欲な食べっぷりに晃吉は圧倒されつつも、好機と感じているようだった。

——しまった——

察して花恵は花林糖に伸ばす手を止めて、ごくごくと冷えかけた湯呑の茶を飲んで空腹を紛らわすと、

「それより、市中で何か変わったことは起きてない？」

訊かずにはいられなかった。

——あの家の近く、市中から離れているとはいえ、時折は人が通っていた。あの

四人もの骸だって、放っておけばいずれ見つかるはず。いったい、どうしたのかしら？——

「このところはいたって穏やかなもんです」

「仁兵衛さんに、おぬいさんまで亡くなってから、まだ下手人も見つかってないし、気になるわ」

花恵は知らずと晃吉をじっと見つめていた。今の花恵はこの手の話題が好きなのだと誤解した晃吉は、

「思い出しました」

ぽんと膝を打って、

「百本杭近くの河原で身元のわかんねえ骸が四体見つかって、どの骸の腕にも墨が入ってたもんだから、当番の北町奉行所が引き取って、弔ったとの話がありましたっけ。四人は西から流れてきた盗賊の一味で、仲間割れで殺し合ったんだっていう説も、これは瓦版ですけど書かれてました」

やや得意そうに話した。

——北町奉行笹本備後守元道はあの家の首尾を手下に見に行かせた後、早急に骸

を始末したんだ。でも、千秋斎とその配下という、見込んだ手練れを送ったのだろうから、この返り討ちの不首尾が悔しくてならないでしょうね。今は逃げ延びている蘭引屋の娘さん一家の無事を祈るばかり——。それほど心配はないと思うけど、笹本が生きている限りまた夢幻先生に詫びられるようなことが起きるかもしれない——

顔を赤らめた花恵は自分の思いに愕然とした。

そんな花恵を誤解した晃吉は、

「焼いた唐芋、俺、食べたくなりました。買ってきやすよ」

いそいそと立ち上がった。

6

晃吉を見送った花恵は、また花林糖に手を伸ばしつつ、

——あの時、夢幻先生は敵を欺くために夫婦らしくするのだとおっしゃっていたわ。今まで、こと仕事とあらば、あんなことをわたしではない相手と続けてた？

わたしは道具の一つだったの？　先生はわたしとの間が何一つ変わってないみたいで、お貞さんの草団子に夢中だったけど、わたしは違う。元の自分になんて戻れっこない――

あの時、夢幻と過ごした時間が悩ましかった。

――あれで仕舞いなんて酷いっ――

とうとう声に出して叫びたい気持ちになった時、

「花恵さん――」

お貞が門から駆け込んできた。

「おとよさんが亡くなったって、花恵さん」

息を切らしたお貞の言葉に、

「おとよちゃんが死んだ？　そんなの嘘でしょ」

花恵は咄嗟に首を大きく横に振った。

「本当よ。おっかさんの家の裏で骸になってたんだって。ひと晩帰ってこないので心配したおっかさんが探してて、銀杏の木の枝に首を吊ってるおとよさんを見つけて――」

「おばさんが――」

花恵は信じられなかった。

――あんなに娘想いのいい人が一番酷い想いをしなきゃいけないなんて――

悲しみと腹立ちは紙一重なのだとこの時花恵は気がついた。

「行かなくちゃ」

花恵はおとよの母お早紀に頼まれたように思えた。

――どうしておとよちゃんが首を吊ったのか――

混乱しつつも、花恵は素早く身仕舞をしてお早紀の家へと急いだ。どうして、おぬいさんの骸が見つかったあと、会いにいかなかったのか。花恵はひたすら自分を責めていた。

おとよは幼き頃から、優しくて、強がりだが、思えば、人一倍寂しがり屋なのだ。花恵と算盤に通う時も、夏祭りに行く時も、いつも、おとよが迎えにきてくれた。花恵が一緒にいる時は心から笑うおとよだったが、一人の時はいつも表情は暗かった。

長く川の水に浸かっていたおぬいとは異なり、早く見つけられたおとよの顔はたいる。

だ眠っているように見えた。横たえられたおとよの首に赤い筋がくっきりと付いて

花恵はおとよの骸にとりすがり、

「おとよちゃん、おとよちゃん、どうして、どうして。こんなことしたら、おばさん一人ぼっちになっちゃうじゃない。おとよちゃん目を開けて、おとよちゃん」

何度も繰り返した。おとっつぁんに見つからないように、植木にいたずらをしたこと、甘味処に寄り道をしてお腹を壊すほど団子を食べ比べたこと、花見見物をしに行って、お守り役の晃吉から逃げたこと。無邪気に、天真爛漫に時間を過ごした相手は、いつもおとよだった。花仙を開いてから、お互いにそれぞれの道を生きるようになったと思っていた花恵だったが、おとよとの思い出が次々に押し寄せてきた。

一足先に来ていた青木は、花恵を一瞥すると、

「花恵さん、おとよさんには首を吊った痕がありますが、自死ではないと。お早紀さんは倒れてしまって、今は榊原先生のところへ」

青木は、少しでも花恵の悲しみを慰めたい必死さで話しはじめた。

「おとよさんの首に付いた縄の痕と木にぶら下げられていた縄の太さは同じです。けれども、自死だと口がわずかに開いて歯が見えている程度ですが、殺しとなると、このおとよさんのようにこめかみが固くなり歯で舌先を嚙むため歯が見えないものなのです」

——おとよちゃんまで殺されるなんて。井藤屋さんは呪われているのではないかしら——

花恵はたまらない気持ちになった。

——仁兵衛さんに先立たれはしたけど、こんなにまだおとよちゃん綺麗なんだから、これから楽しいことやうれしいことがいっぱいあったはずなのに——

「これを見てください」

青木の合図で奉行所の小者が手拭を載せた盥を掲げ持ってきた。

手拭を取ると、中に入っているのは血の塊であった。

「これはおとよさんの股間から流れ出ていたので弔わせていただきました。お子さんです」

「おとよちゃんは、たしかに身籠ってたんですね」

花恵が念を押すと、

「間違いありません」

青木は言い切った。

——おとよちゃんが身重だってことは、自死ではない確たる証になる。あんなに子どもが好きなおとよちゃんのことだもの、井藤屋の跡継ぎを産んで立派に育て上げるつもりだったはず。おとよちゃんと仁兵衛さん、初めての子を失くしてもがっかりしたり、落ち込んだりしてないで、また子どもを作って、家族のいる温かい一家をと願っていたんですもの。二人は本当に心から想い合い、互いを愛おしんでいたのね。ああ、それなのに——

花恵は血塊が入った盥を見ていられなくなった。

「ほどなく、井藤屋の者たちがおとよさんの骸を引き取りに来ます。今日の夜が通夜だと聞いています。花恵さん、おとよさんを最後までしっかりと見てあげてください」

青木は花恵を気遣うように告げた。

「わたしは伺ってもいいんでしょうか」

「仁兵衛さんの時には、あなたが下手人かもしれないという疑いが掛けられていましたが今回は違います。何の遠慮なく、幼馴染みを悼み存分に別れを惜しんでください。仁兵衛殺しも含め、母親のおぬい、そして嫁のおとよまで、一軒の家の中でこんなに殺しが続くのはおかしなことだとわたしは思うのです。各々が偶然に殺されたとも思えません。それに殺しだと言っているにもかかわらず、奉行所がそこまで熱心に調べていないのも悔しいのです。井藤屋の主一家に絞って殺しを続ける下手人には、よほどの理由(わけ)があるはずなのに——」

「まさか、同じ下手人が殺していったと?」

思わず花恵は大声をあげかけた。

「あり得ないことではないかと。それもあってあなたにはおとよさんの通夜に出て見てきてほしいのです。わたしだけでは二つの目ですが、あなたと合わせれば四つの目になりますからね」

そう言った青木の目には、常にはない強固な意志がみなぎっていた。

——何としても、おとよちゃんをあんな目に遭わせた奴を突き止めなければ——

花恵は家へ戻りながら、いつだったか、おとよが梔子(くちなし)について語っていたことを思い出していた。

「あたしね、山梔子（さんしし）って言われてる干した梔子の実になりたいって、ずっと思ってるのよね。梔子の花はあんなに綺麗で強く香ってて、吉原の花魁（おいらん）みたいないい女そのものって感じだけど、そういうのになりたいなんて思わない。だって山梔子って煉り切りに使えて重宝だし、黄連解毒湯（おうれんげどくとう）、竜胆瀉肝湯（りゅうたんしゃかんとう）、温清飲（うんせいいん）なんかのよく効く薬にも欠かせないんでしょ。地味だけど、いろんな風に役に立ててもらえるから、みんなに喜ばれて長持ちするっていいじゃない？　あたし、絶対、山梔子になるんだ」

やはり、おとよは美しく清楚な色香に溢れた梔子の花だったのだと花恵は思った。

――悲しすぎる――

「おとよちゃん、どうして、どうしてよ」

この時、とうとう花恵の涙の堰が切れた。

7

七軒町の花仙に戻ると文が戸口に置かれていた。晃吉からであった。

木戸番小屋の番太から、おとよさんが亡くなったと聞きました。何やらすでに庄左衛門さんからおとよさんが亡くなった報せが染井にも届いていて、是非とも親方に話があるとのことです。曰くがついてしまっている井藤屋さん相手では、案じられるふしもあるので俺も行きます。お嬢さんもそのようにおっしゃるだろうと言ったら、親方も頷いてくれました。

お嬢さんもおいでになるのでしょう？

焼き唐芋は厨の棚に入れておきました。

晃吉

花恵お嬢さんへ

読んだ花恵は晃吉の相変わらずのお節介ぶりに呆れつつも、

——庄左衛門さんはおとっつぁんに、いったい何を言うつもりなのだろう？——

気になってきた。

——今更、破談の経緯を詫びられても仕様がないし——

夕闇の中を僧侶が訪れて通夜がはじまる前、花恵は井藤屋の店の前にある枝垂れ柳の下で父茂三郎を待った。ところが、

「お嬢さぁん」

先に晃吉に見つけられてしまった。

「親方、やっぱり、お嬢さん、おいででしたね」

花恵は黙って晃吉を押しのけて父親の横に立った。

「井藤屋とはおまえにあんなことが起きるまでは、代々長いつきあいだったことだしな。何より幼い頃から始終遊びに来てたおとよちゃんの通夜なのだから——」

茂三郎はそっとささやくように言った。

花恵が父親たちと通夜の席に連なるとほどなく夢幻とお貞が訪れた。

——こんな時にも先生には華がある——

夢幻の形はどうということのない喪服なのだが、整っているだけではない何とも魅惑的な顔の表情と、優男に見えて実は鍛え抜かれた、がっしりした身体つきとが

相俟って、いかなる影をも照らし出すかのような独特の光彩を放っている。

そんな夢幻に比べれば、大男が女の喪服を着ている体のお貞は少なくとも今日に限ってはあまり目立たない。

通夜の長い読経が終わると通夜振る舞いに移った。

「どうか、こちらへ」

井藤屋の大番頭が茂三郎に耳打ちした。

「わかりました」

茂三郎が立ち上がるのを待って、晃吉と花恵が倣った。

茂三郎だけだと思っていた大番頭は当惑気味だったが、

「わたしは娘でこの者は父の弟子です。わたしたちが一緒ではご迷惑ですか？」

花恵がきっぱりと訊ねると、

「いいえ、そんなことはございません」

先に立って、ゆっくりと廊下を歩きはじめた。

庄左衛門は客間で待っていた。通夜振る舞いの膳は主と茂三郎の二人分しか用意されていなかったので、

「わたしどもはここで引き取らせていただいても――」

　さすがの晃吉も辞そうとした。

「いや、ここにおいでになっていてください」

　庄左衛門は大番頭に二人分の膳の追加を命じた。

　こうして茂三郎、花恵、晃吉の三人と庄左衛門の前に通夜膳が用意された。

「このたびは、さぞかし御心痛のことでしょう。お悔やみ申し上げます」

　茂三郎は頭を深く垂れ、花恵と晃吉も倣った。庄左衛門は、落ち着きはらった様子に見えるが、目は窪み、必死に気力を振りしぼっているようだった。

「ありがとうございます。正直、こう立て続きますと疲れてしまいました。心痛というよりも心労です」

　そう告げた庄左衛門はまずは茂三郎に、続いて花恵、あろうことか、晃吉にまで盃を勧めて酒を注いだ。

「も、勿体ない」

　晃吉は酒を口に運びかけてこぼしそうになった。

「いやいや、そちら様には詫びなければならないこともございますから」

庄左衛門は花恵の方を真っすぐ見つめた。

「終わったことです」

花恵の代わりに茂三郎がきっぱりとした声音で応えた。

「それでもあの時、年頃のお嬢さんを傷つけてしまったのは事実です。この通りです」

庄左衛門は畳に両手をついて頭を下げた。咄嗟のことに、茂三郎も、晃吉も驚いていた。

「たしかにあの時は死を考えもしました。けれども、今はもうそんなことは微塵も心をよぎりません。死にたいと思うことと、本当に亡くなってしまうのとでは大きく違います。あの時のわたしの痛手なぞ、おとよちゃんの無念に比べれば塵芥同然です。お身内を失われた庄左衛門様の深く重い悲しみともなると、比べようもありません。どうか、もう、お気になさらずに頭を上げてください」

花恵は話しながら、悲しさや悔しさに耐えたいろんな情景が浮かんでは消え、涙が一筋流れた。こうやって素直に心から庄左衛門に語れるのも、今の花恵があの頃より幸せだからなのだろう。

「ご無礼ばかりでしたのに、温かいお言葉ありがとうございます」

庄左衛門の声が震えた。

「若旦那様も早く下手人が捕まらないと成仏できません。旦那様もさぞかし無念でしょう？」

晃吉が饒舌ぶりを発揮すると、茂三郎は眉を寄せた。一瞬、庄左衛門は困惑の極みといった表情になった。ふうと大きな吐息をついて、

「実はもう、外に下手人はいないのです」

がっくりと肩を落として俯いた。

「ということは——」

——そんなこと、まさか——

それは花恵が最も想像したくない結末であった。

「おぬいはそれはそれは仁兵衛を慈しんできました。けれども、そんなおぬいの想いは世に知られているような観音菩薩ではなく、まさに修羅でした。自分が気に入った嫁を選んでおきながら、いざとなるとそちらにあのような噂頼りの一方的な断りを入れてしまうのですから。そうした修羅ぶりはおとよに嫁に来てもらってから

も続きました」

誰かに話さねば、庄左衛門自身が耐えられないのか、重苦しい空気の中、とつとつと語りはじめた。花恵は、その先を聞くのがとても恐ろしかった。

「奉公人のお加代さんのことは聞いています。おとよちゃんが身籠ったことさえ、妬まずにはいられず、さらなる罪をお加代さんに犯させようとしたことも。断ったお加代さんがどんな亡くなり方をしたかも――」

「わたしは何度もおぬいを止めようとしましたが、聞き入れてはくれませんでした。こうしたおぬいの、闇を纏いつけてでもいるかのような病んだ性癖が、幼い頃からのものであったと知ったのは、夫婦になって仁兵衛を得てからのことでした。可愛がり方がどうにも普通ではないので調べさせたのです。何人もの乳母、子守りが酷い仕打ちを受けて、中には殺されそうになった者までいて、このままではさらなる大事が起こるのではないかと心配だったからです」

そこで一度庄左衛門は話を切り、ああと絶望に近いため息をついて話を続けた。

「上方に本店のある老舗のおぬいの実家が、『七歳の時、五歳の妹を池に沈めて手にかけたことがあった。理由は姉妹で世話をするようにと与えられた、狆の子犬の取り合いだった』とやっと重い口を開いたのです。以後、わたしは常におぬいのすることから目を離さずにおりましたが、まさか仁兵衛亡き後、せっかく忘れ形見を身籠っていたおとよに向けて、嫉妬の炎をあれほど燃やすとは考えもしませんでした。お腹の子が男の子ならこの井藤屋の立派な跡取りになるのですから。この思い込みがおぬいへの見張りを怠らせたのです。おぬいがお腹の子のためにと手ずから拵えた、おとよの好物の牡丹餅には毒が入っていました。この時わたしは意を決しておとよにおぬいがやろうとしていたことを告げ、くれぐれもおぬいには気をつけるようにと言ったのです。わたしは井藤屋の主として、おとよに仁兵衛との子を産んでほしかったのです。ですが、わたしのその一念があんなことを引き起こすとは――」

庄左衛門はその肩と首を先にも増して大きく落とした。花恵はあまりの話に寒気がしていた。茂三郎と晃吉は、もしおとよではなく花恵が井藤屋に嫁いでいたらと考えているのか、ずっと押し黙ったままだった。

8

——たしか、榊原先生の骸検めではおぬいさんは毒で殺されて川に投げ込まれたんだった——

「まさか、おとよちゃんがおぬいさんを——」

——自分の身だけではない、井藤屋の跡継ぎになるかもしれない仁兵衛さんとの子の命がかかっているとなったら——

「実はおぬいが毒入りの牡丹餅に入れた、石見(いわみ)銀山(ぎんざん)鼠捕りの入った袋がどこを探しても見当たらないのです」

——おとよちゃん、相手がたとえ姑のおぬいさんでも、もう、二人分の命は狙われたくなかったはず——

「石見銀山鼠捕りは人さえ殺すことできる大変強い毒です。井藤屋(うち)では、ずっとおぬいが容易には開けられない船簞笥に入れて、入用な時だけ取り出して適量を奉公人たちに渡していました。井藤屋はこの江戸で最も好まれて売れている味噌屋なので、心得違いの奉公人にいわれなき憎悪を持たれて、毒が味噌に混ぜられ大勢のお客様に売られてしまうことはあり得ます。そうなったら、味噌はあの通りの濃厚な味ですので、毒が入っていても気づかず、市中はぞっとするような阿鼻叫喚の地獄絵図に一変、店は即刻取り潰し、わたしどもは首を刎ねられてしまいます」

「おぬいさんはおとよちゃんには石見銀山鼠捕りの在処なんて、教えてはいなかったんでしょう？」

そうであってほしいと花恵は祈りながら訊いた。

「おぬいはおとよが嫁に入って後すぐ、息子の嫁なのだからと、この猛毒の在処と船簞笥の開け方を教えていました。思えば仁兵衛がおとよと夫婦になって間もないあの頃はまだ女房は世間に観音様と言われる優しさを、嫁のおとよにも向ける芝居を続けていられたのでしょう。正直、夜叉に変わってしまった女房をどうしたものかとわたしは心ばかり焦りましたが、結局は世間体と情に負けてしまい、あのような始末になってしまいました。わたしさえ覚悟を決めて、心を深く病む女房を思い切ってその筋の医者に診せ、座敷牢にでも起居させるようにしていれば、おとよをここまで追い詰めなかったかもしれません。全て優柔不断だったわたしが悪いのです。おとよ、許しておくれ。おまえが良心の呵責に悩むことなぞなかったのだよ」

庄左衛門はおとよの骸がある通夜の座敷へ向けて頭を垂れた。

——これって、おとよちゃんが姑のおぬいさんを手にかけて、自分を責める余り自死したってこと？——

自問自答した花恵はふと晃吉と目が合った。

——そうですよ——

晃吉は目で頷き、興味津々に頬を紅潮させていた。

「誠にお恥ずかしい始末ではありましたが、思い切ってお話しさせて頂きました。やっと口を開いた奉公人の一人の話では、花恵さんのよからぬ噂をおぬいに伝えたのは、おとよだったということでもあり——。お詫びをまずはお伝えしたかったのです。おぬいに圧されていたとはいえ、とことんわたしの目は曇っていたのです。本当に申し訳ございませんでした」

庄左衛門は頭を垂れたまま話を終えた。

花恵は、一瞬目の前が真っ暗になった。

——おとよちゃんが、わたしが破談になるよう画策していた——

花恵は真実を告げられ、動揺はしたものの深く傷ついてはいなかった。正直、薄々勘付いていたところもあった。これまで何度も、疑っては信じてを繰り返していたことだった。花仙をはじめてからは考えることをやめていたが、過去へ引き戻されていくようだった。

——おとよちゃんが井藤屋の若お内儀に納まった後、女の敵は親友っていうの、あちこちでわたしへの謎かけみたいに親切顔で意見してくれる他人、結構いたもの。染井の知り合いもそういう他人が多くて、そんな話、してくれる方がよっぽど傷ついた。まさに人の不幸は蜜の味っていう楽しみ方だもの。でも、噂を流したのがおとよちゃんだなんて信じたくなかった。そうかもしれないって思っても、それだけ、仁兵衛さんと一緒になりたかったってことだから。わたし、やっぱり、仁兵衛さんと結ばれたおとよちゃんが幸せいっぱいでよかったと思えたもの——

廊下を出て歩きはじめると、

「いいか、今の話は他言無用だぞ」

珍しく茂三郎が晃吉に厳しく口止めした。茂三郎もどこかで気づいていたのか、花恵にはあえて何も声をかけなかった。

二人から離れるように歩いていた花恵は、おとよが今にも柱の陰から現れてきそうな錯覚を起こした。

――花仙へよく来てくれたおとよちゃん、「気ぃ遣わなきゃなんないのはほんとはあたしなのに、花恵ちゃんばかりに気ぃ遣わせてごめんね」なんて言ってたこともあったっけ。おとよちゃん、わたしに本当のことをずっと言えずに、自分が大変な目に遭ってたんだ、きっと。わたし、気ぃ遣ってたんじゃあないよ、ただ、深入りしたくなかっただけ。仁兵衛さんのこと、たいして好きでも何でもなかったっていうのに、玉の輿に乗り損ねた自分を惨めに見せたくなかっただけ。ようはくだらない見栄。わたしがもっとおとよちゃんのこと、わかって話を聞こうとしていたら、死なせずに済んだのかも――

花恵は、おとよの笑顔ばかりが浮かんで、庄左衛門が言うようにおぬいを殺したとはどうしても信じられなかった。

それから三人は半刻（約一時間）ほど通夜振る舞いの席にいた。

読経の後の焼香で見かけたおとよの母お早紀はもともと細い身体がさらに痩せて、

小さく縮んだように見えた。時折、ごぼごぼと苦しそうに咳をこぼしていた。

茂三郎や花恵たちと話を終えた庄左衛門はそんなお早紀の傍に行き、

「とうとうわたしたちだけになってしまいましたが、一度は縁を結んだ間柄、共に皆の菩提を弔い供養いたしましょう」

相手の手を取って涙声で告げた。

お早紀の方はただただ泣きむせぶばかりであった。

9

「庄左衛門さんのお話、ほんとに言いふらしたりしたら駄目よ」

通夜の席を辞した後、花恵は晃吉に釘を刺すのを忘れなかった。

「わかってますって」

調子よく応えた晃吉は、夜道は案じられるのでどうしても花恵を送り届けると言って聞かず、仕方なく二人で夜道を歩いたが、花恵の胸の内には、

――もしかしたら、おとよちゃんはおぬいさん殺しの真の下手人を知っていたの

では？　それで口封じされたのでは？――

　という気持ちが消えなかった。花恵がずっと黙ったままなので、晃吉も静かに寄り添っていた。

「ありがとう。それではまたね」

　花恵が背を向けようとすると、晃吉がおとよのことについて少し話したいことがあると言いだした。晃吉にとってもおとよは親しい存在だったからこそ、整理のつかない気持ちを花恵と分かち合いたいのだろう。

　花恵は用意してあった清めの塩を気前よく晃吉と自分に振りかけた。

　家の中へ入って灯りを点け、花恵が湯を沸かそうと厨へ入ると、

「あのう、厨に入ってすぐ右の棚の奥を見てください」

　晃吉がおずおずと声をかけた。

「えっどうして？」

「おとよさんからの文があると思うんです。実は、おとよさんから自分に何かあったら、お嬢さんにそこを見てもらうよう頼まれてましして」

　言われた通り、棚の奥を探ると文が添えられた包みがあった。

表書きには花恵ちゃんへとあった。見まがうことなどない、幼い頃から見慣れたおとよの手跡だった。

花恵ちゃん、この文が花恵ちゃんの元に届く頃には、あたしはもうこの世にはいないかもしれません。

おとよの文字を見て、花恵になつかしさと切なさが押し寄せてきた。晃吉にも文を見せ、二人で続きを読んだ。

最後に、お願いしたいことがあります。でも、頼み事をする前にあたしはまず花恵ちゃんに謝らなければなりません。

実はあたしがこんなことになったのは自業自得なのです。花恵ちゃんがごろつきに乱暴されたというでたらめをさも本当であるかのような噂話にしたのは、あたしです。井藤屋の若旦那に見初められたという、花恵ちゃんの玉の輿が妬ましくてならなかったからです。

あたしはずっとおっかさんと貧しい長屋暮らしだったのに、花恵ちゃんは染井を束ねるおとっつぁんの元で何不自由なく育ったでしょう？　子どもの頃から仲良くしてくれていたけれど、玉の輿なんて、幸運すぎる、世の中は不平等すぎるって思いました。妬ましくて妬ましくて、花恵ちゃんが病に罹って死ぬ夢を見たほどでした。

あたしが悪い噂で花恵ちゃんの縁談を壊すことができたのは、お姑さんが仁兵衛さんに、普通ではない思い入れを抱いていたからです。だから、あたしの創った花恵ちゃんの悪い噂を一も二もなく信じたんです。

花恵ちゃんにすぐに許してもらえるとは思っていません。井藤屋に嫁いで大変なことばかりだったけれど、親友を妬まない自分にようやくなれた。

これから残された人生で、花恵ちゃんに償っていきたい。でも、もしあたしがこの世を去ることになってしまったら、最後のわがままを聞いてほしいのです。おっかさんのことです。あたしの幸せを誰より願っていたおっかさんには長生きしてほしいと思っています。このところ弱っているので案じられます。あたしがいなくなったらどれだけ、気を落とし、それが身体に響くことか——。

文と一緒の薬包はおっかさんの病の特効薬です。幻の名薬冬虫夏草入りの朝鮮人参です。いくらあたしが勧めても、根っから始末なおっかさんは、もとめて飲もうとはしませんでした。どうか、これを煎じておっかさんに飲ませてやってください。これさえ飲めば、きっとおっかさんも元気を取り戻してくれると思うので。

ご無理の程、よろしくお聞き届けください。

とよ

花恵様

「俺、実はおとよさんからいろいろ相談されていたんです。今まで黙っていてすいませんでした」

文を読み終えた晃吉は畳に手をついた。それは、いつも花仙に調子よくやってくる晃吉の表情とは違っていた。

「あれは、お嬢さんが七軒町に店を出されてすぐの頃でした。親方が出かけてる時に、おとよさんが植茂にやってきて、お嬢さんや開いた店のことを俺に訊いたんです。『お陰様で、元気に店を切り盛りしています』と応えると、ほっとした様子で帰っていきました。それから時々、相談に乗るというか愚痴を聞くというようにな ったんです。おぬいさんは『倅が騙されて縁など結ばぬよう、親切に報せてくれた あなたこそ、嫁にふさわしい』とおとよさんを選んだもののその舌の根も乾かない うちに、『祝言の後、倅と床を共にしないように。約束ですよ、その代わりそこそ この贅沢は許します』と言ったんだそうです」

花恵の身体に震えが走りかけた。

「おとよちゃんはどうしたの?」

「仁兵衛さんに言うと、『おっかさんはただ心配性なだけなのだよ』と一笑に付し、祝言の後、ごく当たり前に真の夫婦になったんだそうです。けれども、この夜から はじまって、毎夜毎夜、二人の寝間を、おぬいさんがどこかで見ているような気が してならなかったと言ってました。そのうちに、おとよさんは身籠ったんですけど、流れちまって」

晃吉は憤怒のあまり顔を紅潮させている。

「でも、これだけじゃないんです。おとよさんのおっかさんは端裂売りを辞めて、春木町に住んでいましたよね。実はおとよさんを仁兵衛さんから遠ざけるためだったんです。俺、それまでのこと聞いていたから、仁兵衛さんにおっかさんのところに一緒に泊まってもらうよう頼めば？　っておとよさんに言ったら、仁兵衛さんは二つ返事で泊まってくれるようになったんです」

「よかった。二人は互いに想い合っていたのね」

「まあそうですね」

晃吉は曖昧に応えた。

「おとよさんは花仙に行くようになってから、お嬢さんへの申し訳なさが膨らんできたそうで。多分、自分が仁兵衛さんに想われて幸せだったから心に余裕ができたんじゃないかと俺は思うんですけどね。おとよさん言ってました。あたしが前からずっとずっと一筋に仁兵衛さんを好きだったんでしょ？　と、花恵ちゃんは言ってくれたけど、前からなんてことはないの。実はうちの人が入っているいろんな草木草花の会を調べて、その手の勉強して顔を出した。だから、あたしの方から大好きって迫ったともいえるの。お相撲でいえば浴びせ倒し。そこまで頑張らなきゃ、あたしみたいな娘が大店の若旦那の玉の輿には乗れっこないじゃない？　だからもう無我夢中だった。あたしは一度会っただけで玉の輿が降って湧いた花恵ちゃんとは違うの。花恵ちゃんに自分のしたことを許してもらえるわけなんてないの。それなのに花恵ちゃん、あたしに気ぃ遣ってくれてばかりで――。お姑さんの恐ろしさに怯える日々の中で、あたし、花恵ちゃんにあんな酷いことしちゃって、罰が当たったって心底思うようになってるのよ』って」

――あんなこと、わたしがおとよちゃんに言ったのは、気ぃ遣ってるんじゃなくて、花仙の商いが順調な上に立っての負け犬の遠吠え、強がりだったのかも。わたしだって、どっかでおとよちゃんにしてやられたって思ってたんだから、おとよちゃん、そこまで思い詰めなくてもよかったのに。ああ、でも破談になってなきゃ、おとよちゃんの身の上に起きたことは、このわたしに降りかかってたのよね。そう考えるとおとよちゃん、わたしの禍を背負って殺されてしまったんだ――

晃吉は、時折花恵を案じながら話を続けた。

「おとよさんが身籠っていたのは井藤屋の跡取りになる子かもしれないので、庄左衛門さんはとても楽しみにしてくれていたんですが、もちろんおぬいさんは違ったそうです。おぬいさんの心の中にはまだ仁兵衛さんが生きていて、時折、宙に向かって話しかけていたんだそうです。そんな姿を何回も見たそうです。そんなのって気味悪いですよね」

「おぬいさんは酷い人だけど、そんな言い方するもんじゃないわ。おぬいさんの我が子を想う気持ちが親心をちょっと超えていただけ。仁兵衛さんが突然亡くなって、心の整理がつかなかっただけよ」

「そうですかねえ」

晃吉は口を尖らせ、泣きそうな顔になった。

「そうよ。おまえだって、わたしだって、子どもができればわかるかもしれない。おとよちゃんだって――」

「おとよさんは腹の子のおとっつぁんが亡くなって辛いのに、何度もおぬいさんに、お腹の子は仁兵衛さんの忘れ形見だって話して聞かせたそうですが、わかってもらえなかったって」

「こんな大事なこと、なんでもっと早く話してくれなかったの？　おとよちゃんもお腹の子も死んじゃったじゃないの。死んでからじゃ遅いわよ。馬鹿。馬鹿、馬鹿」

花恵の目から涙が溢れた。

「すいません。すいません。おとよさんから誰にも言わないでねって、堅く口止めされてたんで。でもやっぱりお嬢さんには伝えなきゃって思っていて、今日言おうか明日言おうか迷っているうちにこんなことに――。本当にすいません」

晃吉は畳に額をこすりつけて手をついた。

二人の啜り泣く声がしばらく続いた。

「今の話を前に聞いていても、晃吉以上におとよちゃんの相談に乗れなかったかもしれないし、笑って話もできなかったかもしれない。おまえを責めたりしてごめんなさい」

文に添えられていた煎じ薬の朝鮮人参特有の匂いがぷんと鼻を突いて、花恵も晃吉も少し気力が取り戻せそうになった。

「お嬢さん、お嬢さんにはあんな輿、似合わなかったですよ。玉の輿どころか糞の輿ですよ。お嬢さんには花仙が似合っています。いつもお客さんで溢れているじゃないですか。すごいことですよ」

晃吉に強く言われると、ただのお調子者だとばかり思っていたこの男が少し愛らしく思え、おとよが相談したのも無理からぬことだったのだと花恵は思った。

10

晃吉とおとよの話をしたせいで眠れず、無理に眠ろうとすればするほど、おとよの文が思い出された。どうしてもお早紀のことが気にかかり、煎じ薬を持って花恵は花仙を出た。春木町を目指して早足で歩いて行く。町が眠りから覚め、しじみ売りや納豆売りの声が聞こえていた。春木町のお早紀の家に着くと、そこには夢幻が先客として白い菊の花を抱えて、やってきていた。

「あら。先生どうして?」

「おはようございます」

「あっ、おはようございます」

花恵は慌てて辞儀をした。菊の花の清らかさが、夢幻の超然とした姿を際立たせていた。

「昨夜、お早紀さんの様子を見ていてずっと案じられましまして、この菊の花で癒されてほしいと思いましてね」

「わたしもおばさんが心配で来たんです」

「昨日は眠れなかったようですね」

花恵は、腫れている目を見られまいと戸口の方を向いた。蘭引屋の騒動以来、夢幻と二人きりで会うのは久しぶりで、気恥ずかしかった。

「おとよちゃんのこと考えていたら、目が冴えてしまって。でも、娘を亡くした母親の方が、わたしよりもっと苦しいはずですから」

夢幻は何もかも見透かしているように、花恵を見つめていた。

「おばさん」

戸口を入って声をかけたが返事はない。

「おばさーん」

声を張ると、しばらく物音がして早紀が弱々しい姿で出てきた。

「花恵ちゃん。おとよのお通夜で挨拶もできずにごめんなさいね」

「おばさん、ちゃんと食べてるの？」

早紀は首を横に振り、花を抱えた夢幻に気づいて会釈した。夢幻は型通りの悔やみの言葉を述べ、この花をおとよさんのために活けさせてほしいと頭を下げた。

「おとよは何の不満があったのか、こんな勝手なことをして。井藤屋さんにも迷惑をかけて、あの娘はとんだ親不孝者です。わたしもあんまり幸せだったから罰が当たったんですよ」

おぬいの仕打ちを知らないお早紀の言葉を聞いて、花恵は口惜しかった。

「おばさん、おとよちゃんはね、あのね」

晃吉から知らされた真相を話そうとしたが、憔悴しているお早紀を見ると「いい煎じ薬をいただいたから、卵粥でも作らせて」という言葉をかけることしかできなかった。

花恵が取ってきた盥に夢幻が花を活けはじめた。夢幻は、菊をのびやかに挿しながら、花の佇まいを洗練に整えていった。

「親不孝者には勿体ない立派な花だねえ」

花を見つめるお早紀が涙ぐむと、夢幻は花恵の卵粥ができるまでお早紀に語った。

「お早紀さん。おとよさんは、親不孝者ではありませんよ」

花を活けていた時とは、まるで違う優しい表情を浮かべていた。

「実はわたくし、骸検めに少々覚えがありましてね。青木さんに頼み込んで、おとよさんの骸を少し見させてもらったんですよ。おとよさんの両手の爪の間には誰かを引っ掻いた証の肉片が付いてました」

「そ、それは、どういうことなのですか？」

　お早紀の目だけが、静かに光った。

「おとよさんが自分で首を吊ったわけではないということです。口の中や唇に傷もなく、骸がゆるんで見えました。前歯にはべったりと血糊と肉片が付いてました。自死ではこのようにはなりません」

「えっ。じゃあ、おとよは、おとよは。夢幻先生、本当ですか。おとよは自分で首を縊ったんじゃあないんですね」

　泣きながら夢幻にすがりつくお早紀を見て、卵粥を運んできた花恵も涙を抑えられなかった。

　お貞も待っているからと夢幻に言われ、花恵は夢幻の家へと一緒に戻ることにした。

裏木戸でお貞と彦平が待っていた。

「お揃いになったところで」

と彦平が声をかけ、三人は土蔵の地下にある座敷に入った。少しして、彦平が玉味噌の豆腐田楽と飯の載った膳を運んできた。

「大きな声では言えませんが、たとえ井藤屋さん自慢の樽仕込みの味噌でも伊賀の玉味噌には勝てませんや。自家製の味噌に山椒を刻み入れ、風通しのいい場所に玉のように丸めて吊るし、澄んだ気を入れてじっくりと熟成させるんですから。竹串に鰻の蒲焼のように木綿豆腐を刺して、とろ火で中まで丹念に焼き上げた後、山椒の香りが漂う玉味噌を載せて、香ばしく焼き上げるのが伊賀流の豆腐田楽で」

三人が夢中でお腹を満たした後は、さらに伊賀牛の干し肉と伊賀の地酒が膳に並んだ。

夢幻とお貞は干し肉を頬張り、湯呑で酒をぐいぐいと飲んだが、あまり酒に強くない花恵は控えた。

お貞が黙りこくっている花恵に、

「お早紀さんは立ち直れそう?」

「そうね、自死じゃないってわかったから。でもそうなると、下手人がお縄にならないと――」

花恵が声を絞り出すと、

「おぬいさんを殺したのはおとよさんで間違いない。このままでは殺されると思って、先手を打ったんだ。しかし、そのおとよさんが誰かに殺られた」

「誰かがおとよさんに、おぬいを殺すように吹き込んだんだろう」

お貞の言葉に夢幻が相づちを打った。

「もし、そうだとしてもおとよちゃんを殺して何になるの？　跡継ぎもいなくなって、井藤屋さんは本当に呪われているとしか思えない。庄左衛門さんも、お気の毒よ。お内儀さんと若旦那夫婦に孫まで亡くなって――」

花恵はため息をついた。

「そうですね。でも、呪いではありませんよ。裏で何か大きなものが動いているのです」

夢幻がお貞を見遣ると、

「お早紀さんのところに先生と花恵さんが訪ねている間、井藤屋を見張っていました。すると、皆さん驚かないでくださいよ。なんと、あの北町奉行笹本備後守元道が訪ねてきたんです」

　と応えて、

「蘭引屋の火事のこともあり、留守居のお役目を得て、今大岡越前守になろうとしている笹本が何か悪事を考えているのは間違いないですね」

　夢幻が断じた。

「蘭引屋だけでなく、井藤屋にまで――。どこまで、普通に暮らしている家族を壊せば気が済むの」

　花恵は、激しい怒りをぶちまけた。

「今夜は新月の闇夜ですから笹本は奉行所に泊まります。この時ばかりは誰も近づけず一人です。この機会を逃してはなりません。一月に一度この泊まりを笹本が繰り返しているのは、奉行所の書庫や納戸に何か隠しておきたい調書、まあ、表向きの調書とは異なる裏調書があって、それを確認するためではないかと思われます。相ようは後ろ暗いことと関わっての儲け話の収支決算が書かれているのでしょう。相手に請求していない分を取り立てるためもありそうです。笹本に痛めつけられて無念を抱く者たちにとってはまさに地獄帖です」

夢幻が花恵とお貞を強く見つめて、告げた。


夜も更けて、三人は大八車で北町奉行所へと向かった。

北町奉行所の裏門が見渡せる辻にかかったところで、すいとお貞が左に折れようとした。

──ああ、やはり──

裏門の前には笹本の裏稼業の手下と思われる、四人もの浪人たちがたむろしている。

──ここはあの家ではないし、相手は忍法ではなく、刀で勝負してくるはず。一度に斬りかかってこられたら、いったい先生はどうするつもりなのだろう──

花恵は不安を感じた。

「かまわない、そのまま進んでくれ」

応える代わりにお貞がありったけの力を込めて大八車を引きはじめた。並んで車を引いている花恵も力を合わせる。

――わたしにこんな馬鹿力があったなんて――

大八車とは思えない速さで奉行所の裏門へと突進していく。

車ごと四人の浪人たちめがけて突っ込んだその時、夢幻がひらりと舞うように飛んだ。その姿は地上にいるはずなのに、宙をひらひらと飛び交っているかのような、蝶に似た優雅で敏捷この上ない動きだった。目にも止まらぬ速さで一人から刀を奪うと、次々に浪人たちを斬り倒していく。瞬時の出来事であった。

「さあ、邪魔はもう入らない」

夢幻は裏門を開けて入り、二人も続いた。奉行の部屋と思われる部屋に灯りが点っている。

三人は灯りのある部屋へと歩いた。

――ああ、わたしもできている――

いつしか、花恵も足音を消して歩くことができるようになっていた。

――あの家で千秋斎たち術者に襲われて、生きるか死ぬかをかいくぐってきたせいかも――

夢幻は部屋の障子を音もなく開けると、

そっとささやくように相手を呼んだ。相手は手を止めたが振り返らなかった。

「笹本様、お奉行様」

「わたくしたちですよ、笹本備後守元道様」

大胆にも夢幻はひょいと笹本の前に出た。この時お貞が花恵の手を引いて夢幻に続いた。こうして三人が相手と向かい合う形になった。

「分をわきまえず、今大岡越前守を望むあなたが踏みつけにして、虫けらのように殺していった、沢山の人たちの霊がわたくしたちにとり憑いております。お覚悟ください」

夢幻のこの言葉に笹本の血走った目が見開かれた。

――恐怖に慄いている人の目だわ――

続いてぱくぱくと口が動いた。

――「助けてくれ、金なら幾らでもやる」と言ってる――

「先ほど申し上げましたでしょう？　わたくしたちはあなたに無念を抱いている者たちの霊なのです。ですので、命乞いも金子(きんす)も無意味です。どうか、ここはお覚悟を、心穏やかに北町奉行らしい最期をお迎えくだささい」

笹本は、花恵を見てより一層怯える表情を見せた。

「まさか、おとよ、おまえは死んだはずでは、まさか、そんなはずは――」

笹本の目には、恐怖のあまり、花恵がおとよに見えているようだった。夢幻は、笹本にゆっくり近づきながら問い続けた。

「なぜ、おまえは我々を殺したのだ？　無念でたまらん。理由があるなら申してみよ」

命乞いの機会を与えられたと思った笹本は、媚びるような口調で告げた。

「すべては、旗本六千五百石森田家、実優院様のせいでございます。嫡男が立て続いて流行風邪で亡くなり、急遽、市井で育てられているという、妾腹ながら森田家の血を引く男子に白羽の矢が立ちました。それが、市中で名高い味噌屋井藤屋の跡取り、仁兵衛です。奇しくもその男子は、もう二十年以上も前のこと、当時の北町奉行だった永山土佐守正孝様が、亡くなられた森田家当主の対馬守正和様より託された赤子でした。実優院様の悋気は夫と我が息子を失った失意もあって、もう怒り骨頂と呼ぶに等しく、大身の旗本家である自分の実家から甥を養子にすると決めておられたのです。それでわたしにどうしても、井藤屋仁兵衛とその血筋を根絶やしにしてほしいと申された」

　花恵もお貞も仁兵衛の思わぬ出自に驚き、夢幻は笹本を射抜くような目で見続けていた。

「これだけのことなら、断れもしたが、対馬守様と実優院様の実娘は大奥に上がり、姫とはいえ上様のお子を産んでおられるのだ。自分の望みを聞いてくれたら、わたしが留守居に就けるよう、娘を通して直に上様に口添えしてやろうとおっしゃった。これほどの話を誰が断れようか。庄左衛門に、誰にも疑われぬように、森田家の先代の落とし胤を始末するつもりでいる。子ができていたらその子もろとも——。と話した」

「庄左衛門さんが仁兵衛さんを自らの手で殺すわけないわ。曲がりなりにもずっと一緒に暮らしていたわけだし」

　花恵は、笹本に食ってかかった。笹本は、ようやく平静を取り戻したのか、生来の傲慢さが言葉に滲みはじめていた。

「井藤屋庄左衛門と仁兵衛には何の血のつながりもないのだ。町奉行には商家を取り仕切る力がある。睨まれて江戸一の味噌屋の座を他に譲ることよりも、どこぞの旗本の若様だからと知らされて育ててきて、自分とはどこも似ていない息子を切り捨てる方を選ぶに決まっている。それが商人の取るべき道だろう。庄左衛門は、あんな恐ろしいおぬいといつまでも暮らすような心持ちの奴だ。長年一緒にいようが、倅として育てようが、自分に不利益な者は切り捨てられるのだ、そうでないと、井藤屋はあのように栄えはしない。わたしが仁兵衛を手にかけたわけでは決してないのだ」

静かに話を聞いていた夢幻は刀掛けから取り上げた相手の脇差しを差し出した。

笹本はぶるぶると全身を震わせている。

「わ、わたしは、誰にも手をく、下していないのだ。欲深い庄左衛門がすべて行ったこと。庄左衛門はおぬいにおとよを始末するように言ったようだが、勘付かれたので、おぬいの口を封じたのだ、おとよだって、自死と見せかけて」

笹本の言葉を聞いて、

「そんな、そんなことってあんまりよ。おとよちゃんが可哀想すぎる。庄左衛門のような自分勝手な奴が臆面もなく、わたしたちと共にこの江戸で暮らしているなんて絶対にいや。耐えられない」

花恵は顔を紅潮させ頭(かぶり)を振った。仁兵衛が亡くなった日、着物を泥だらけにして帰って来た庄左衛門のことをおとよが嘆いていたことを思い出した花恵は、悔しくてたまらなかった。花恵たちの前で悲嘆に暮れた庄左衛門は、すべて偽りだったのだ。

「さあ、居住まいを正して」

夢幻は有無を言わせぬ物言いで迫った。笹本は何とか立ち上がろうとしたが、足に力が入らず、前のめりに倒れた。

「違う。見苦しいっ」

夢幻の声はさらに強くなり、刀を持った笹本をひょいと置物のように抱え上げると、足を曲げて正座の形にして畳の上に置いた。

笹本は残っていた力を振り絞って、持っている刀を抜くまいともがき続けたが敵わず、ついに刀は抜き身だけになった。

「何とまあ、よい光りようではありませんか？　あなたがずっとあまたの人たちにそうしてきたように、刀は今、あなたの血肉の旨味を待っているかのようです」

まさにこの言葉が刀に聞こえたかのようだった。力尽きかけた笹本の利き手がその刀を腹に突き立てた。といっても浅かった。ためらい傷ばかりである。

「声を封じられていると悲鳴を上げられないのでさぞかしお痛みでしょう？　お苦しいでしょう？　けれども、あなたに殺された人たちはもっともっと苦しんで死んでいったのです。わかりますか？」

夢幻は静かに見守り続けている。

半刻ほど過ぎて笹本の息が絶え絶えになってきた時、

「残念ながらこのままではあなたが亡くなるまでに、あと半刻はかかりましょう。ここは武家に伝わる作法通りにしていただきたいものなのですが、これにも信念が要ります。あなたではまず無理でしょう。このわたくしが最期のお手伝いをいたしますよ。武士の情けではありませんが、情けは情けです」

夢幻は、笹本の刀の柄に手を添えて、刀を深く突き立てた上、一気に一文字に横引きにした。笹本はかっと目を剝いたまま息絶えた。

「これでよし」

夢幻は、笹本が文机の上に置いて眺めていた裏調書を読みはじめた。お貞は夢幻の背後に立って同時に字面や数字を追っている。花恵は笹本を恐る恐る見て、ようやくおとよの無念の思いを晴らせたと全身の力がぬけるようだった。

11

数日が過ぎた頃、北町奉行笹本備後守元道は、目付の秘して行われてきた特別な調べにより、今まで犯してきた横領や悪事の発覚が近いとわかって自害したと公にされた。笹本の自害を瓦版屋が書き立てたが、その三日後には、瓦版は井藤屋一色となった。庄左衛門が、仁兵衛が殺された崖で変わり果てた姿で見つかり、骸のそばには、大きな石が置いてあったという。井藤屋では仁兵衛亡き後、心の平静を大きく失った嫁おとよが姑のおぬいを殺して自死し、度重なる身内の死に生きる気力を失った庄左衛門が後を追ったのだと書き立てた。この悲しい話はそのうち、舞台になって江戸中の女たちの涙を絞り尽くすことになりそうだと晃吉はしきりに花恵とお貞に聞かせた。しかし、庄左衛門のことは、夢幻の裁きによるものだと、花恵は薄々わかっていた。あえてお貞にも訊ねなかった。

このところ、晃吉は、花恵にすべてを打ち明けたことにより、屈託がなくなったのか、以前より一層口数が増えた。

「何日か前、大身旗本の大久保様のところへ親方と仕事に伺ったんですよ。植木の世話をしながら見ておりましたが、夢幻先生が活ける花ってえのは、あんなに空気が変わるもんですかな。一流ってのは、ああいうのを言うんですね。だけど、花より何より、いい男っぷりだって、奉公人の娘っ子たちがわいわい言ってましたよ」

お貞は何か言いたげに花恵を見つめていた。晃吉の口から「夢幻」という言葉が出た途端、花恵は、夢幻が花を活けている様子をまた、近くで見てみたいと虚ろに考えていた。

「ここで油を売ってないで。おとっつぁん待ってるんじゃない？」

花恵は晃吉に桜のばらずしの重箱を渡すと、晃吉はまだ話し足りないような顔をしていたが、足早に去っていった。

ようやく、花仙に静かな時間が訪れた。

「孫が折檻死させられたお婆さん、井藤屋の顚末に『お天道様はちゃんと見てくださっているんだ』って得心して、形見の前垂れを抱いて帰ったわ。それから、これ、先生から預かってきた。蘭引屋の娘さんから花恵さんへの贈り物」

お貞は思い出したように花恵に告げ、姉様人形を手渡した。

幼馴染みのおとよを亡くした今、花恵にとってこの姉様人形が日々の癒しになってくれるように思い、そっと握りしめた。その人形からは、ふんわりと夢幻の香りがするような気もした。

そんな花恵をお貞は静かににんまり笑いながら見て、

「もうちょっとすると梅雨ね。毎日毎日、雨が続くのよね。でも、梅雨がないと稲が育たない。育たないと」

「美味しいお米が食べられない」

二人の声が揃った。

「雨には紫陽花が似合う。今日はいつものとは違う、紫陽花を模したお菓子を作ったの」

「本当？　いつものだって、すごいのに？」

「さあさあ、御開帳」

お貞は重箱の蓋を開けた。

「わぁっ、何って綺麗」

「上新粉と餅粉を混ぜて、何度か蒸しては掻き混ぜて拵える外郎は手間がかかるの。真っ白で丸い外郎の平たい上に、抹茶の緑、藍の青、ツユクサの紫の色粉をふわーっと揉み込んで、紫陽花の様子を醸し出すのは技が要るんだから」

重箱に並べられた紫陽花のお菓子たちは、食べるのが勿体ないほど精巧で可憐だった。

「青木様がいちばん好きな花って、紫陽花なのよね」

お貞の顔がぽっと赤らんだ。

「訊き出したんだ、いつの間に？」

「あたし、こういうこと訊くのだけは上手いんだから」

お貞はにんまりと笑って、皿に一つお菓子を取った。

「そう、そう、花恵さんもお菓子じゃないもので、何か美味しいもの作ってよ」

「わたしは、お貞さんのお菓子をここで待っているのが楽しいの」

二人に降り注ぐ日差しは、限りなく温かく柔らかかった。

参考文献

『大江戸ものしり図鑑』花咲一男監修　主婦と生活社
「週刊花百科　Fleur　1・2　バラ・さくら」講談社
「週刊花百科　Fleur　38　さくら草とプリムラ」講談社
「週刊花百科　Fleur　5　すみれと春の野の花」講談社
『花の和菓子のつくりかた』金塚晴子　淡交社
『江戸の庶民生活・行事事典』渡辺信一郎　東京堂出版
『ハーブオイルの本』和田はつ子　農文協
『アロマテラピーわたし流』和田はつ子　農文協
『日本の森から生まれたアロマ』稲本正　世界文化社
timeless-edition.com

この作品は書き下ろしです。

花人始末（かじんしまつ）

出会（であ）いはすみれ

和田（わだ）はつ子（こ）

令和3年2月5日　初版発行

発行人——石原正康
編集人——高部真人
発行所——株式会社幻冬舎
〒151-0051東京都渋谷区千駄ヶ谷4-9-7
電話　03(5411)6222(営業)
　　　03(5411)6211(編集)
　　　振替00120-8-767643
印刷・製本—図書印刷株式会社
装丁者——高橋雅之

幻冬舎時代小説文庫

ISBN978-4-344-43067-9　C0193　　わ-11-6

幻冬舎ホームページアドレス　https://www.gentosha.co.jp/
この本に関するご意見・ご感想をメールでお寄せいただく場合は、
comment@gentosha.co.jpまで。